KB112917

여자는
울지
않는다

여자는
울지
않는다

이보람

이연주

이오진

신효진

희 곡 집

일러두기

1. 네 희곡의 초연 정보는 다음과 같다. 〈여자는 울지 않는다〉는 2015년 2월 5일부터 7일까지 두산아트랩 낭독 공연으로 처음 소개되었다. 부새롬이 연출을 맡고 강애심, 김용준, 오대석, 백석광, 김정, 장율, 이지수, 이세영이 출연했다. 2017년 1월 5일부터 8일까지 동승아트센터 동승소극장 무대에 오른 〈전화벨이 울린다〉는 이연주 작·연출로 배우 신사랑, 백성철, 이선주, 최지연, 안병식, 박옥출, 이지혜, 서미영, 박수진이 함께했다. 이 책에 실린 작품은 재연(2018년 3월 20일-4월 1일, 두산아트센터) 때 발전시킨 희곡이며, 당시 공연에는 신사랑, 우범진, 이선주, 최지연, 박성연, 이지혜, 서미영, 이세영이 출연했다. 윤혜진이 연출을 맡은 〈개인의 책임〉은 2017년 9월 4일에서 10일까지 복합문화공간 연희공원에서 초연했으며, 성수연과 박용우가 출연했다. 〈밤에 먹는 무화과〉는 아직 정식으로 공연한 적 없는 미발표 희곡이다.

2. 이 책의 공연 저작권은 해당 작품을 쓴 작가에게 있으며, 공연과 관련한 모든 사항은 반드시 작가와 협의해야 한다.

3. 이 책은 국립국어원의 한글 맞춤법 규정을 따랐으나, 희곡이라는 장르의 특성상 등장인물들의 입말이나 작가의 의도가 반영된 표현 등은 최대한 살리고자 했다.

차 례

여자는
울지 않는다

이보람

등장인물	여자	35세, 서울의 한 심리 상담소 원장, 임신 5개월
	남편	35세, 연쇄성폭행 용의자
	남편	27세, 과거의 남편
	피해자	
	엄마	54세
	의부	59세, 여자의 의붓아버지, 바닷가 옆 횟집 사장
	형사1	40세, 연쇄성폭행 사건 담당 형사
	형사2	29세, 범죄심리분석관, 여자의 대학 후배,
		형사1보다 경력은 낮지만 직급은 높다.
때		찌는 듯한 더위 속, 여름의 한가운데

1장

여자의 상담소가 있는 건물 맞은편 신호등 앞.

형사1과 형사2가 건물을 보며 서 있다.

형사1   훌륭한 분이더라고요.

형사2   네?

형사1   저기 높은 데서 상담소 하는 선생님이란 분이오. 티브이에도 나오고. 팬들이 꽤 있던데.

형사2   훌륭하죠. 자신의 상처를 극복해서 다른 사람들한테 희망을 주는 거잖아요.

형사1   상처…… 어렸을 때 의부한테 성폭행 당한 거 말하는 거예요?

형사2   네.

형사1   그거 저 여자한테 훈장이던데.

형사2, 형사1을 못마땅하게 쳐다본다.

형사1   본인이 인터뷰에서 그렇게 말한 거예요.

형사1, 휴대폰 화면을 보여준다.

형사2, 무시한다.

형사1, 어쩔 수 없다는 듯 휴대폰을 집어넣는다.

형사1 거짓말을 하고 있어요.

형사2 남편 알리바이 증언한 게 거짓말이라는 거예요?

형사1 모든 게요. 웃는 것도 영…… 시원한 웃음이 아니야. (이내 더운 듯 서류로 부채질하며) 날도 더운데 이게 뭔 고생이야. 저 여자…… (순간 눈치를 보고) 저 선생님만 그때 제대로 취조했어도 이렇게 사건을 질질 끌진 않았을지도 몰라요.

형사2 거짓말할 사람이 아니에요.

형사1 친해요?

형사2 학생 땐요. 저 선배, 이 분야에선 유명해요. 피해자 가해자 가릴 것 없이 도움을 청하는 사람은 다 도와주고 있고, 주말엔 교도소에 들어가서 범죄자들 상대로 집단 상담까지 하는 사람이에요. 연쇄성폭행이에요. 그런 사람이, 아무리 남편이라도 연쇄성폭행범을 숨기려고 거짓말까지 하겠어요?

형사1 사람이잖아요. 저 '훌륭한' 선생님도.

형사2	그러면서 왜 선배한테 피해자들 진술서 검토를 받자고 한 거예요?
형사1	말씀드린 대로. 첫 번째 피해자가 자살을 했고, 유가족은 우리가 범인도 못 잡는 주제에 과잉 수사를 해서 죽은 거라고 고소하겠다고 그러고 있으니까, 혹시 우리 수사 방법에 문제는 없었는지, 왜 첫 번째 피해자가 시간도 한참 지나서 이제야 자살했는지, 뭐 그런 걸 알 수 있을지…….
형사2	형사님은 선배를 믿지 않잖아요.
형사1	겸사겸사. 혹시 피해자들 진술서를 읽다가 옛날 기억이 떠올라서 갑자기 거짓말한 걸 고백할지도 모르고…….
형사2	…….
형사1	서로 손해 보는 장사는 아니잖아요. 분석관님은 원래대로 "진술서 좀 봐주세요." 하고 말하면 돼요. 저 선생이 정말로 거짓말하는 게 아니라면 피해자들 진술서를 봐도 아무렇지 않겠죠. 안 그래요?

형사2, 주저앉아 한숨을 쉰다.

담배를 찾지만 빈 갑이다.

형사1	(주머니에서 담배를 찾으며) 담배 필요해요?

형사2, 외면한다.

형사1	범인 말이에요. 이상한 버릇이 있잖아요. 자신이 성폭행한 여자들 물건을 하나씩 가져가는 거.
형사2	시그니처요.
형사1	네에— 지난번에 탐문하러 갔을 때 저 여자가 목걸이를 하나 하고 있었어요. 남편이 준 거라고 하넌네.
형사1	……피해자들이 잃어버린 것 중에 목걸이는 없었는데요?
형사1	저 여자는 그걸 모르죠.
형사2	…….
형사1	분석관님이 선생님이랑 말할 때, 옆에서 딱 한마디만 할게요. "피해자가 잃어버린 목걸이랑 비슷한 것 같은데, 가져가서 검사 좀 해도 되겠습니까?"
형사2	남편이 피해자의 목걸이를 부인한테 선물로 줬다고요?
형사1	뭐 그런 설정으로.
형사2	(용납하기 어렵다.) 속이자고요? 아무 죄도 없는 사람을요?

형사1   자살했어요, 피해자는.

형사2   …….

형사1   사건이 있던 날 여자 옆에 정말 남편이 있었다면, 우리가 거짓말을 한다는 걸 그 자리에서 눈치 챌 거예요. 그냥 나만 무안하고 끝날 일이 될 수도 있어요. (회유하듯 담배를 건네며) 할 수 있는 데까진 해야죠. 유일한 용의자의 유일한 증인인데.

형사2   (안 받으며) 선배 임신했다면서요.

형사1   ……범인은 계속 진화해요. 바바리맨이 연쇄성폭행범 되고, 연쇄성폭행범이 연쇄살인범 되고……. 사건은 또 일어날 거예요. 아니면 벌써 일어났든지.

형사2, 형사1을 본다.

고민한다.

형사2, 에라 모르겠다는 표정으로 담배를 받아 입에 물고 불을 붙인다.

형사1   (시계를 보고는) 곧 나오겠네요.

신호등 소리가 들린다.

형사1   (신호등을 보고) 너무 안 좋게만 생각하지 말아요. 우

리가 하는 짓이 이 선생님 인생을 구하는 걸 수도
있잖아요?

횡단보도 건너편에서 여자를 발견한 듯 형사1이 손을 들어서 인사한다.
형사2, 어떤 표정을 지어야 할지 모른 채 어색하게 웃는다.

2장

여자의 자동차 안.

여자가 운전석에 앉아 있다. 신호를 기다리는 중이다.
옆자리엔 피해자들의 진술서가 흩어져 있다.
여자, 고개를 돌려 창밖을 본다.
옆자리에 피해자가 탄다.

피해자   '밤늦게 다닌다. 술을 먹었다. 짧은 치마를 입었다. 자기도 원했을 거다. 좋았지 않았냐.' (진술서의 페이지를 넘긴다.) 오른쪽 가슴을 만졌는지 왼쪽 가슴을 만졌는지 말을 하다 보면 순서가 바뀔 수도 있잖아요. 근데 그게 진술 번복이래요. 말이 틀렸대요.

여자, 자기도 모르게 손에 힘이 들어간 채 배를 노려본다.

여자   가만히 있어.

뒤에서 출발하라는 자동차 경적이 들린다.

여자는 꿈쩍하지 않는다.

경적이 무시하지 못할 만큼 커진다.

여자가 다시 운전을 시작한다.

피해자, 진술서를 정리하며 말하기 시작한다.

피해자   (페이지를 넘긴다.) '강력한 반항이 없었다. 큰 반항이
          없었으니까.' 가만있으라니까 가만있었던 건데. 죽
          기 싫잖아요, 살고 싶잖아요. (페이지를 넘긴다.) 어제
          경찰서에 갔어요. 사건 조사를 끝낼 거라는 이야길
          들었거든요. 범인도 못 잡았는데…… 어떻게 그럴
          수가 있느냐고 따졌더니 나보고 하루에도 몇 건씩
          사건이 터지는지 아냐고…… 어쩔 수 없다잖아요.
          어쩔 수 없다고.

3장

남편의 가게. 건물 반지하에 위치한 오픈바 느낌의 술집이다.

여자가 들어온다.

여자, 잠시 주위를 둘러보다가 조심스럽게 가게 여기저기를 뒤진다.

가게 한구석에서 날짜가 지난 세금고지서 뭉치가 나온다.

잠시 뒤 남편이 창고에서 나온다.

남편   웬일이야?

여자   (애써 놀란 티를 내지 않으며) 여기서 잤어?

남편이 정리된 의자를 하나 꺼내 여자와 약간의 거리를 두고 앉는다.

남편   어……. 뭐 하는 거야?

여자   공과금 밀렸던데.

남편   아. 귀찮아서.

여자   당신 요새 계속 가게에 있었던 거 아냐? 집에 안 들
      어왔잖아.

남편   어?

여자   왜 이렇게 관리가 안 돼 있는데?

남편   보자마자 할 말이 잔소리밖에 없어?

여자   …….

남편   배 안 고파? 난 배고픈데.

남편, 여자의 대답을 듣지 않고 냉장고를 연다.

한동안 그렇게 냉장고 안을 보고 서 있다.

남편   (냉장고 안을 보며) 가게 처분할까?

여자   ……왜?

남편   (여전히 시선은 냉장고에 둔 채 손만 천장을 가리키며) 조명이 고장 났더라고.

여자   고치면 되잖아.

남편   기억 안 나? 여기 조명들 다 연결돼 있잖아. 하나 망가지면 전체 다 손봐야 돼.

남편이 식재료를 품에 안은 뒤 한쪽 어깨로 냉장고 문을 닫는다.

남편   그거 고칠 생각 하니까 귀찮아서 영.

남편, 바에 달린 조그만 세면대로 가서 수도꼭지를 튼다.

물이 나오지 않는다.

남편   아, 끊겼네.

남편, 머리를 긁적이다 문득 생각난 듯

남편   그러고 보니 우리 여기서 처음 만났었지?

남편, 웃는다.
그러고는 다시 양손 가득 식재료를 안고서 계단을 올라간다.

남편   (계단을 오르며) 갔다 올게.

여자, 벽에 있는 스위치를 누른다. 전체 등이 꺼진다. 이내 다른 스위치를 누르는 소리가 들리면 별자리 조명에만 불이 들어온다. 천장이 별자리로 가득 차 있다. 여자, 별자리를 바라본다. 그러다가 의자를 끌고 가서 중앙에 선다.

여자   뭐가 고장 났다는 거야.

여자, 의자 위에 아슬아슬하게 올라서서 별자리 조명을 살핀다.

그때 과거의 남편이 바 쪽에서 나타난다.

여자와 처음 만났을 때 모습 그대로다.

남편   (직접 만든 칵테일을 건네며) 피치 크러쉬. 드세요. (천
            장을 가리키며) 별 보라고 만든 거긴 한데, 진짜로 보
            는 사람을 오랜만에 봐서요. 별 보는 '쇼 타임'인데
            다들 '키스 타임'인 줄 알아요. 여기 오는 손님 중에
            저거 못 보고 가는 사람도 많을 걸요.

남편이 수도꼭지를 틀자 물이 나온다.

남편, 손을 씻는다.

남편   (무언가 들은 듯) 키스만 하면 다행이게요. (잔을 정리
            하고 안주를 만들기 시작한다.) 천문학 전공했어요. 정
            말로. 그런데 왜 이런 가게 하냐고 물어보지 마요.
            나도 모르니까. (무언가 들은 듯) 끈질긴 분이네. (생각
            한다.) 딱히 이유가 있었던 건 아니에요. 그냥…… 같
            이 천문학을 전공했던 여자 친구가 문창과 남자애
            랑 바람나서 전과를 했어요. 복수하겠다고, 나도 문
            창과로 전과하겠다고 난리 치다 경영학 전공하는
            대학원생 누나를 만나 경영학과로 전과해서 졸업

은 경영학으로 했어요. 뭐, 그런 이야기. 살다 보니까 돈이 정말 중요하더라고요. 이 장사가 더러워도 많이 남으니까요. (안주를 건네며) 서비스. 괜찮아요. 별 보는 사람 오랜만에 봐서요. 돈 벌겠다고 이 지하에 들어와서 이러고 있지만, 별은 계속 보고 싶었거든요. 해 질 때 들어와서 해 뜰 때 퇴근하니까 별 볼 시간이 있어야죠. 자리 좀 잡히면 일하는 친구 하나 구해서 틈틈이 별 보러 다니려고요. 천체망원경도 사놨어요. 얼마 전에 중고나라에 할인해서 올라왔더라고요. (웃음) 네, 그런 것도 올라오더라고요. 뭔가…… 신비함은 떨어졌지만…… 편리해졌죠.

현재의 남편이 문을 열고 들어온다.

남편   뭐 해?
여자   (그제야 뒤돌아보고) 어?
남편   (계단을 타고 내려와 불을 켜며) 불은 다 꺼놓고.

현재의 남편이 불을 켠다.
별자리 조명이 희미해진다.

여자가 남편과 대화하는 동안 과거의 남편은 잔상처럼 가게 곳곳에서 나타났다가 사라진다. 때로 창고에 들어가 있어서 안 보일 수도 있고, 가게를 청소하거나 대화하는 두 사람을 가만히 쳐다보기도 한다.

남편, 직접 만든 연어 샐러드를 젓가락과 함께 건넨다.

여자   (샐러드를 보고) 나 회 못 먹잖아.

남편   먹을 순 있잖아.

여자   먹기 싫어.

남편, 젓가락을 들어 샐러드를 먹다 여자가 움직이지 않고 가만히 있는 걸 보고는 창고에 들어간다.

남편   (소리만) 얼마 전에 포크를 주문했는데 포크숟가락이 몇 개 껴서 들어왔더라고. 이게 왜 있냐고 했더니 보통 식당은 아이들도 오니까 애들 용으로 몇 개 끼워 넣는데, 착각했다고 다른 걸로 준다는 걸 그냥 쓴다고 했어. 집에 아이 있냐고 묻더라.

여자   젓가락질할 수 있어. 불편해서 그러지.

남편   (소리만) 그래, 불편한 걸 뭐 하러 해.

남편, 부엌에서 포크숟가락을 가져와 여자에게 건넨다.

여자는 어쩔 수 없다는 듯 샐러드를 깨작거린다.

남편이 찬장에서 술을 꺼내 마신다.

여자　　　　아직 낮이야.

남편, 불을 끈다.

별자리 조명만 들어온다.

남편　　　　이제 괜찮지?

여자　　　　불 켜.

남편, 아무 말 없이 술을 마신다.

여자　　　　불 켜라고 했어.

남편　　　　왜 그렇게 날이 서 있어?

여자, 대답 대신 샐러드를 먹는다.

남편, 그런 여자를 보다가

남편　　　　요즘은 뭐 먹고 싶은 거 없어?

여자 　　　……어.

남편 　　　당신 닮았나?

여자 　　　내가?

남편 　　　당신도 좋아하는 거 별로 없잖아. (웃다가) 아까 뭐
　　　　　하고 있었던 거야?

여자 　　　당신이 조명 고장 났다고 해서.

남편 　　　내가 거짓말한다고 생각했어?

여자 　　　……그런 거 아니야.

남편, 갑자기 여자의 한쪽 팔을 잡아 올린다.

여자, 놀란다.

남편 　　　(천장을 가리키며) 저기. 일곱 개 별 보이지? 저 끝부
　　　　　분으로 쭉 내려가다 보면…… 봐봐. 없어졌지?

여자, 좀 더 가까이 다가가 본다.

여자 　　　아.

과거의 남편, 현재의 남편이 잡아 올린 여자의 팔을 잡는다.

과거의 남편이 무언가를 들은 듯 대답한다.

남편   북극성이에요. (손을 내리고) 우리 아버지가 외항선
        을 몰았어요. 태평양을 지날 때는 일부러 기계를 끄
        고 북극성만 보고 움직였대요. 다들 미쳤다고 했는
        데 결국엔 길을 제대로 찾아오니까……. (사이) 고2
        때 아버지가 돌아오지 않았어요. 대학생 때 알았는
        데 북극성이 조금씩 왼쪽으로 움직이고 있대요. 그
        래서 시간이 꽤 흐르면 항상 북쪽을 가리키는 별이
        다른 별이 될 거래요. (사이) 배신감이 드는 거예요.
        그런 생각이 들었어요. 아버지도 그 사실을 알게 된
        게 아닐까. 어느 날 문득 하늘을 봤는데 믿었던 것이
        사실은 가짜라는 걸 알게 돼서. 그래서 아버지는 여
        전히 바다 위에서 헤매고 있는 게 아닐까…… 그런
        생각이오.

여자, 불을 켠다.

별자리 조명이 사라진다.

현재의 남편이 그런 여자를 보고

남편   왜 그래?

여자   ……아니야.

남편   (여자의 회피가 익숙한 듯) 그래. 말하기 싫으면 말자
고.

남편, 갑자기 무릎을 꿇고 앉아 여자의 발목에 발찌를 건다.

여자   뭐야?

남편   뭐긴, 선물이지.

여자   ……어디서 났어?

남변   샀지.

여자   어디서!

남편   ……백화점.

여자   언제?

남편   ……어제.

여자, 침묵.

남편   (여자의 목을 보고) 전에 내가 준 목걸이는?

여자   그거…… 집에 뒀어.

남편   그래? (그릇을 보고) 다 먹은 거지?

남편이 쓰레기 봉지를 찾아 남은 음식을 버리고 그릇을 정리하려다가

멈춘다.

남편	당신 그 형사 기억나? 왜 예전에, 여기 근처에서 연쇄성폭행 사건 발생했다고 나 조사하러 왔던 형사 있었잖아. 그때 당신이 변호사 데리고 와서 한 번만 더 증거 없이 이런 짓 하면 그 형사 고소하겠다고…….
여자	알아.
남편	어. 그래, 그 사람. 어제 나 찾아왔었어.
여자	왜?
남편	그 여자 죽었대. 첫 번째 피해자. 자살했대. 그 여자 여기 단골이었는데. (죽은 여자에 대해 생각하다가) 아깝게 됐어.
여자	그 여자가 여기 단골이라는 거 왜 그때 나한테 말 안 했어?
남편	글쎄. 왜 그랬을까.

피해자, 의자에 앉아 있다. 과거, 가게를 찾았을 때의 밝은 모습.

남편, 피해자 쪽을 보며 일하고 있다. (과거)

피해자   그 선생님이, 와이프라고요? 와, 나 완전 팬이었는데.

남편   (일하며) 그래요?

피해자   진짜 멋있어요. 왜, 자기계발서 같은 데 나오는, 신
        은 감당할 만큼의 시련만 준다, 그런 말들 있잖아요.
        진짜 개소리라고 생각했거든요. 그런데 그 선생님
        은요, 자기 인생으로 그걸 증명하고 있잖아요.

남편, 웃는다.

피해자   왜 웃어요?

여자   왜 웃어?

남편, 그 말에 여자를 본다. (현재)

남편   신은 감당할 만큼의 시련만 준다, 진짜 그렇게 생각
        해?

여자   갑자기 무슨 소리야.

남편, 태도를 바꾼다. 취조실의 형사 혹은 범인처럼.

남편   당신 나한테 물어보고 싶은 게 있지?

여   …….

남편   이렇게 하자. 나도 당신한테 물어보고 싶은 게 있으니까 내가 먼저 질문해서 당신이 답하면, 나도 당신의 질문에 사실대로 말할게.

여자   …….

남편   그때 경찰서에서 왜 거짓말했어?

여자   ……뭘?

남편   내 알리바이 말이야. 당신은 늘 수면제 먹고 자서 옆에 내가 있는지 모르잖아. 그런데 왜 내가 옆에 있었다고 말했어?

여자   …….

남편   응?

여자   당신이 범인일 리가 없으니까. ……연쇄성폭행범이야. 나 그런 사람들 많이 만나봤어. 상담사례로는 수백 건도 더 접해봤어. 그런 인물 군에 당신은 안 속해. 그런 사람들은 말이야, 가정환경도 그렇고, 직업도 그렇고, 성격적 기질도 그렇고, 그러니까 말이야. 당신일 리 없어. 무엇보다 당신은 그럴 이유가 없잖아.

남편   ……당신 좀 이상하다고 생각해본 적 없어?

여자　　　……?

남편　　　왜 날 분석하려고만 해? 그냥 물어보면 되잖아.

여자, 남편을 본다.

피해자가 남편의 뒤로 나타난다.

남편은 여자를 보고 있지만, 여자는 피해자를 본다.

피해자　　　왜 범인을 못 잡아요? 내가 당신들 진술서에 내 팬
　　　　　　티 색깔까지 다 적어줬잖아. 내가 그런 모욕을 참아
　　　　　　가며 말했는데, (어처구니없는 말을 들은 듯) 씨발, 해
　　　　　　결될 거라는 거짓말 좀 하지 마! 괜찮아질 거라는 말
　　　　　　좀 그만해! 당신들 말에 속아 넘어가기엔 나 너무 제
　　　　　　정신이거든? 진짜 날 구하려면 범인을 잡아와. 도대
　　　　　　체 왜 못 잡는 거예요?

남편　　　이번엔 당신이 물어볼 차례야. 물어봐. 난 당신한테
　　　　　는 거짓말하지 않아.

여자, 문득 자신의 배를 내려다본다.

아이의 태동이 느껴진다.

여자   그만해.

남편   (도발하듯) 당신, 내가 진짜 범인이라면 어떡할 거
             야?

여자, 태동이 무시하지 못할 정도가 되자 자신의 배를 두드리고 잡아당
긴다.

남편   (말리며) 그래. 그만하자, 이런 얘기.

여자, 고개를 들어 남편을 보면 과거의 남편이 여자를 보고 있다.

남편   시간이란 게 이상해요. 어떤 날은 아주 더디게 가다
             가도, 문득 뒤돌아보면 이미 지나가버렸단 말이에
             요. ……사실 우리가 보는 별들은 가짜예요. 아주 오
             래전에, 아주 멀리서 어떤 행성이 빛을 보낸 것이 지
             금 지구에서 별처럼 보일 뿐이래요. 우린 지금을 본
             다고 생각하지만 사실은 별의 과거를 보고 있는 거
             예요.

여자, 발작적으로 불을 끈다.

여자   우리 처음 만났을 때도 이런 어둠 속이었지.

잠시 침묵.

남편   요즘 가게를 알아보러 다니면서 우리 애를 생각했
     어. 작은 손, 작은 발. 아직 뜨지 않은 눈은 뭘 보고
     있을까. 태어나면 가장 먼저 무슨 말을 해줘야 할까.
     아들이면 목욕탕에 같이 가야지, 딸이면 시집갈 때
     울지 않을까. 순식간에 사라셨시. 시간은 빨리 가니
     까. ……인생은 정말 순식간이야.

여자, 과거의 남편 옆자리에 가서 앉는다.

여자   (과거의 남편을 보고) 괜찮아. 괜찮아질 수 있어.
남편   (피식 웃으며) 그래, 모든 게 괜찮아지겠지. 항상 그랬
     듯이.

어둠 속에서 남편이 음식을 만드는 소리만 들린다.

4장

자동차 안.

형사1이 여자에게 받은 목걸이를 마치 공처럼 던졌다 잡았다 한다.

형사2는 그런 형사1을 뚱한 표정으로 보고 있다.

형사2   기분이 좋으신가 봐요.

형사1   아뇨.

형사2   좋은 거 같은데요.

형사1   아닌데요.

형사2   …….

형사1   ……기분이 나쁘신가 봐요?

형사2   아뇨.

형사1   나쁜 거 같은데.

형사2, 아니라고 하고 싶지만 거짓말은 하고 싶지 않아서 침묵하다가

형사2   사정이 있을 거예요.

형사1   뭐가요?

형사2, 형사1이 장난치던 목걸이를 뺏는다.

형사2　　　그때 선배가 우리한테 아무런 말도 못 하고 목걸이
　　　　　　를 준 것에 대한 사정이오.

형사1　　　어떤 사정이오?

형사2　　　엉겁결에…… 라든가…… 어쩌다보니…… 라는
　　　　　　가…….

형사1　　　뭐, 누고 보면 알겠쇼.

형사2　　　(답답하다.)

형사1　　　(창밖으로 바깥을 보다가) 덥겠는데.

형사2　　　대구에서는 시멘트 바닥에 계란 깨트리니까 바로
　　　　　　후라이 되더라고요.

형사1, 하늘을 보고 있다. 말이 없다.
형사2, 이상하다는 듯 형사1을 본다.

형사1　　　그 여자 말이에요. 첫 번째 피해자. 유서에 이렇게 쓰
　　　　　　여 있었어요. 해가 뜨는 걸 도저히 참을 수가 없다고.

형사2　　　…….

형사1　　　맞은 놈은 두 다리 뻗고 자도 때린 놈은 못 잔다는

말이 있잖아요. 그거 다 거짓말이에요. 진짜 나쁜 놈은 감옥에서도 두 다리 뻗고 잘 자요. 사형선고 받아도 "아, 잘 놀다 간다." 이러고 자살하는 놈도 있어요. ……이상해요, 정말.

형사1, 의자에서 일어선다.

형사1   덥다, 더워. (해를 보며) 이건 뭐 죽으라는 건지, 살라는 건지.

형사1, 나가려다 다시 돌아와서 목걸이를 가져간다.

형사2   뭐예요?
형사1   (약 올리듯) 못 믿겠어서.

형사1, 나간다.
형사2, 어처구니없다.
잠시 뒤 형사2의 전화벨이 울린다.
형사2는 전화기를 보고 고민한다.
여자가 들어와 차문을 두드린다.
형사2, 여자를 보고 밖으로 나온다.

여자　　　　전화번호 그대로네?

형사2　　　아…… 네…….

여자　　　　…….

형사2　　　…….

여자　　　　잠복근무 같은 거야? 계속 같은 자리에 있던데.

형사2　　　…….

여자　　　　그이 요즘 바빠. 가게 인테리어 다시 하느라. 이렇게

　　　　　　기다려도 보기 힘들 거야.

형사2　　　…….

여자　　　　묵비권 행사야?

형사2, 머리를 긁적이다가

형사2　　　……선배, 저한테 거짓말하는 거 있어요?

여자　　　　무슨 소리야.

형사2　　　선배 남편이오, 정말 범인이 아니에요?

여자　　　　……넌 내 남편이 범인이라고 생각해?

형사2　　　그럴 가능성은 있어요.

여자　　　　그럼 아닐 가능성에 걸어.

형사2　　　…….

여자   목걸이 돌려줘.

형사2   ……왜요?

여자   내 거니까.

형사2   …….

여자   내 남편, 범인 아니야. 내가 증거야. 반박할 증거 있어?

형사2   우린 선배를 돕고 싶은 거예요.

여자   그럼 그냥 둬.

여자, 목걸이를 달라는 듯 손을 뻗는다.

형사2   결혼은 언제 한 거예요?

여자   …….

형사2   학교 사람들 아무도 선배 결혼한 거 모르던데.

여자   가족끼리 작게 했어.

형사2   ……어머니도 불렀어요? 의부도?

여자   지금 나 취조하니?

형사2   의부도 술집 하지 않았던가?

여자   그게 뭐? (형사2가 대답하지 않자) 그게 뭐!

형사2   전 가능성을 이야기하고 있는 거예요.

여자   아니, 넌 나한테 잘못이 있는 것처럼 말하고 있어.

형사2   아니에요.

여자   거짓말하지 마. 너 내 과거 때문에 이러는 거잖아.
         의부한테 성폭력 당한 그런 여자니까 또 그런 남자
         한테 속은 게 아니냐…….

형사2   아니에요. 그거랑 이건 달라요.

여자   그래. 달라! 열다섯 살 때는…… 내 잘못도 있었어.
         너무 믿었어. 사랑받고 싶어서 의심하지 못했던 거
         야. 그래서…… 근데 이번은 아니야.

형사2   지금 그 이야길 하는 게 아니에요.

여자   아냐. 같아. 한순간도 끝난 적 없어. 아직까지도 난
         그날을 생각해. 내가 도망갈 수 있었던 시간들, 방법
         들. 왜 그때 소리 지르지 않았지? 왜 난 그 사람한테
         싫다고 말하지 못했지? 수천, 수만 번의 후회로 만
         들어진 게 지금의 나야. 이번만큼은 확실해. 난 아무
         잘못도 안 했어. 내 남편이 아니야. 내 남편이면 안
         돼. 목걸이 내놔.

여자, 형사2가 머뭇거리자 달려들어 목걸이를 찾는다.
형사2는 말려야 한다는 걸 알지만 여자의 절박한 모습에 공포감을 느
낀다.

형사2	선배, 지금 피해자만 여섯이에요. 첫 번째 피해자는 자살을······.
여자	(말을 자르며) 그럼 나는!

형사2, 여자의 감정적 반응에 깜짝 놀란다.

여자	(감정을 누르며) 내 인생은? ······너 지금 나한테 무슨 짓을 하고 있는 줄 알아?
형사2	······선배는 지금 본인이 무슨 짓을 하고 있는 줄 알아요?
여자	알아.

그때 형사1이 들어온다.

형사1	무슨 일이에요?
여자	목걸이 어디다 뒀어요?

형사1, 무슨 상황인지 살피다가

형사1	싸웠어요?
여자	목걸이 어디 있어요!

여자, 형사1이 대답하지 않자 다시 차를 뒤진다.

형사1, 그런 여자의 모습을 보다가

형사1   거기 없어요. (자기 주머니를 뒤지면서) 아무리 그래
            도 형사를 뭐로 보고……. 설마 증거를 그런 데다 두
            겠어요? 텔레비전 같은 데서 하도 경찰이 무능하네
            어쩌네 해서 이미지만 다 버렸어. 그건 못 잡는 것
            만 나와서 그래요. 엔만하면 다 잡습니다. 보통 모텔
            한번 싹 뒤지고, 티켓 다방 같은 데 있죠? 그런 쪽에
            사진 한번 쭉 돌리면 다 잡혀요. 웃긴 게 그놈들도
            찔리긴 하는지 쉴 곳을 원하거든요. 보통 장기전이
            되는 건 가정이 있는 경우죠. 평범한 가정 안에 그런
            놈이 있을 줄 잘 상상을 못 하니까. 우리 말고, 범인
            옆에 있는 사람들이오. 그러니까…….

형사1, 주머니에서 주먹을 꺼내 내민다.

그러다 다른 한 손도 똑같이 주먹을 쥐어 내민다.

형사1   (장난스럽게) 둘 중 하나에 있습니다. ……달란다고
            해서 그냥 주기엔 우리도 체면이 있어서요. 내기를

합시다. 선택권은 선생님한테 있어요. 한쪽 손엔 목
걸이가 있고, 한쪽 손엔 아무것도 없습니다. 목걸이
를 고르면 그대로 집으로 가시면 돼요. 우리도 더 이
상 수사하지 않겠습니다. 하지만 빈손을 고르면, 제
질문에 답 좀 해주세요. (진지하게) 왜 그 여자들한테
그런 일이 생긴 겁니까?

여자   ······.

형사1   왜 누군 죄를 저지르고도 잘 사는데, 왜 누군 지은
        죄도 없이 울어야 합니까.

5장

여자의 집.

여자, 화장대 앞에 앉아 목걸이를 보고 있다.

피해자, 서울 맞은편에 앉는다.

여자, 고개를 숙인다.

스스로를 진정시키듯 자신의 배를 만진다.

피해자   하루 종일 컴퓨터 앞에 앉아서 기사를 검색해요. 오늘은 또 어떤 끔찍한 사건이 생겼을까. 어떤 불쌍한 인간들이 나왔을까. 팔이 잘리고 눈알이 뽑히고 머리가 잘린 사람들의 사진들을 봐요. 너넨 좋겠다, 괜찮아지지 않아도 되니까. 아무 일도 없었던 것처럼 살아가지 않아도 되니까.

여자   …….

피해자   세상은 아무 일도 없었던 것처럼 굴러가는데, 나만 망가졌어요. 나는 그날에서 한 발자국도 나갈 수가 없는데, 시간이…… 흘러요.

여자   (고개를 숙인 채 배를 향해) 괜찮아. 모든 게 괜찮아질

거야. 난 그날에서 벗어났어. 난 앞으로 나아가고 있
어. 난 극복했어. 난 이겨냈어. 괜찮아. 너 진짜 열심
히 노력했잖아. 그 노력들이…….

피해자   텔레비전에 나오는 그 여자요. 상처를 훈장으로 만
들라고……. 남이 듣기 좋은 말만 하는 앵무새. 누가
그녀를 그렇게 만들었을까요? 예수? 혜민 스님? (웃
다가 이내) 그런 말만 해야 사람들이 자기 옆에 있어
주니까, 그래서 그렇게 됐겠죠. 사람들은 불편한 말
듣기 싫어하잖아요. (진심으로 여자의 편에 서서) 많이
외로워 보여요. 수사관님 아는 분이라고 했죠? 언젠
가 만나면 전해주세요. (말을 멈추고 헛웃음을 짓는다.)
무슨 말을 전해야 할지 모르겠네요……. 나도 참 오
지랖은……. 모르겠네요. 그냥…… 나도 많이 외롭
다고…… 그냥…… 제가 그 말이 하고 싶었나 봐요.

피해자, 더 이상 눈물을 참을 수가 없다.

6장

여자의 친정. 바닷가 앞 2층짜리 건물의 횟집.

장사를 마무리하는 새벽 1시쯤. 그래도 간간히 손님이 온다. 부엌과 손님이 드나드는 출입구는 1층이고, 몇 개의 입식 테이블이 있다. 2층에는 단체 손님을 위한 좌식 테이블이 놓여 있다. 인물들이 있는 곳은 주로 2층 테이블이다.

엄마는 테이블을 세팅하고 있다.
테이블에 일회용 비닐을 깔고 그 위에 각종 반찬을 놓는다.

엄마   이게 얼마만이니.

엄마가 수저통을 연다.

엄마   너 아직도 포크 쓰니?
여자   ……아니.
엄마   버릇 고쳤구나. 다행이네. 계속 걱정했어. 시댁 식구
          들이 흉볼까 봐. 김 서방은 잘 지내니?

여자   ⋯⋯어.

엄마   같이 오지 그랬어.

의부가 마이크를 들고 들어온다.

의부   (마이크에 대고) 무슨 이야길 그렇게 하나?

엄마   김 서방은 왜 안 왔냐고.

의부   아. (여자를 슬쩍 훑어보고) 남녀 사이야. 여러 사정이
         있지 않겠어?

의부, 노래방 기계를 세팅한다.

노래 반주가 흘러나온다.

의부가 노래를 부르려는데 밑에서 손님이 왔다는 벨소리가 울린다.

엄마가 내려가려는데 의부가 말린다.

의부   내가 갔다 올게. 오랜만에 딸 왔는데 할 이야기 많을
         거 아냐.

의부, 내려간다.

여자   ⋯⋯가게가 2층이 됐네.

엄마	어. 예전에 무슨 방송에 나왔어. 그 후로 모텔도 많이 생기고. 장사가 잘 되더라. 여기에 볼 건 없어도 아침에 해 뜨는 건 보기 좋다더라. ……이렇게 보니 좋구나.
여자	정말이야?
엄마	어?
여자	…….
엄마	…….
여사	임신했어.
엄마	뭐? 어머. 정말? 정말이니?
여자	어.
엄마	어머. 그래서 왔구나……. 잠깐만. 회, 먹어도 되나?
여자	…….
엄마	그렇구나. 어머. 어머. (여자의 배를 가만히 본다.)
여자	엄마. 나 가졌을 때 어땠어?
엄마	응?
여자	좋았어?
엄마	무슨 소릴 하는 거니.
여자	기뻤어?
엄마	……그럼. (사이) 다행이다.
여자	뭐가?

엄마　　　잘 살고 있었구나.

여자가 웃자 엄마가 따라 웃는다.

여자　　　엄마는 상상도 못 할 거야.
엄마　　　뭐 좋은 일 있니?
여자　　　내 얼굴 보니까 정말 좋아?
엄마　　　……무슨 소릴 하는지 모르겠다.

엄마, 나가려는데 의부가 회가 담긴 접시를 들고 올라온다.
엄마는 잠시 고민하다 다시 자리에 앉는다.

의부　　　(접시를 내려놓으며) 오늘 들어온 것 중에 제일 싱싱
　　　　　한 놈으로 잡았다.

엄마와 여자는 의부가 자리를 잡고 앉을 때까지 말이 없다.

의부　　　오랜만에 만나서 회포 좀 풀었어?
엄마　　　어…… 그냥…….
여자　　　가게가 커졌네요.
의부　　　다 그동안 열심히 한 덕분이지. 너도 열심히 살아.

나중에 꼭 보답 받을 날 올 거다.

의부가 여자에게 포크를 건넨다.

엄마   이제 젓가락질한대.

의부   그래? 거 봐. 내가 억지로 젓가락질 시킬 필요 없다
고 했잖아.

엄마   그러게 말야.

의부   그래. 그냥 두면 저절로 될 걸. 기억나니? 네가 젓가
락질하기 싫어서 찡찡대는 거 포크 쥐어준 게 나다.
네 엄마는 젓가락질 못하면 어디 가서 대접 못 받는
다고 기를 쓰고 젓가락질을 시키려고 하는데 내가
그만하게 했지. 애들은 두면 알아서 크는 거야.

엄마   그러게. 이렇게 훌륭한 어른이 된 걸. 그땐 얘가 하
는 게 다 불안불안해서……. 커서 제 몫이나 하고 살
까 그랬는데 말야. ……임신했대.

의부   뭐? 그래? (여자의 배를 보고) 옷을 그렇게 입고 있어
서 몰랐다. 그러고 보니 좀 나온 것도 같네.

엄마   얼마나 됐니?

여자   …….

의부   이야— 이런 날도 오네. 나도 할아버지 소리 들을 수

있는 건가?

여자 원래 젓가락질 잘했어요. 엄마, 기억 안 나? 엄마랑 살 땐 젓가락질 잘했잖아.

엄마 그래. 근데 어느 순간부터 못했잖니.

여자 옛날에 우리 동네에 애꾸눈 남자애 있었잖아. 기억 나? 거기 남자애가 나보다 한 살 위고 여동생이 나 랑 동갑이고. 걔 눈이 왜 그렇게 됐는지 알아? 여동 생이 밥 먹다가 잘못해서 젓가락으로 오빠 눈을 찌 른 거야. 그 얘기 듣고부터는 젓가락질하는 게 무서 워져서 포크 쓴 거야.

의부 무슨 그런 걱정을 했대. 우리가 밥 먹다가 설마 네 눈을 찌를까 봐?

여자 아뇨, 아저씨. 제가 찌를까 봐 무서웠던 거예요.

엄마, 목이 탄 듯 물을 마신다.

의부는 무슨 말인지 영문을 모르겠다는 표정이다.

그때 아래층에서 벨소리가 들린다.

의부 (엄마를 보며) 아까 온 손님. 매운탕 끓여달라고 하는 걸 거야. 술을 많이 시켰더라고.

엄마, 자리에서 일어난다.

여자   앉아.

엄마, 여자를 바라본다.

여자   앉으라고.

계속 벨소리가 들린다.

의부   내가 갔다 올게. 당신 앉아 있어.

여자, 테이블 위에 부착된 벨을 부술 듯이 세게 때린다.

여자   장사가 그렇게 중요해요? 돈 많이 버셨잖아요. 하루
          쯤, 아니 30분만이라도 멈추세요. 저 오랜만에 왔잖
          아요. 어쩜 그렇게 태연하게 일을 할 수가 있어요?

엄마, 자리에 앉는다.
의부도 자리에 앉는다.

의부　　　그래. 우리가 오랜만인데 섭섭하게 했나 보네. (엄마

　　　　　한테) 왜, 임신하면 예민해진다고 하니까.

엄마, 고개 끄덕이며 물을 마신다.

의부, 익숙한 동작으로 음식들을 엄마 앞에 놓는다.

수저를 놓고 앞접시에 회도 몇 점 얹어 준다.

엄마는 가만히 앉아 있다.

의부　　　요즘도 와사비 못 먹니? 네 엄마도 여전히 와사비를

　　　　　못 먹는다.

의부가 고추냉이 없는 간장 종지를 엄마 앞에 놔준다.

여자　　　(크게 숨을 고르고) 오늘 제가 여기 온 건…… 물어보

　　　　　고 싶은 게 있어서예요. ……아저씨, 그때 나한테 왜

　　　　　그랬어요?

의부　　　무슨 말이니?

여자　　　나 열다섯 살 때. 학교에서 돌아왔을 때. 나한테 한

　　　　　짓이오.

의부　　　열다섯 살?

의부　　　나한테 그랬잖아요. "싫으니? 하지만 어른이 되면

너도 좋아하게 될 거다." 난 그날 이후로 아무것도 좋아할 수가 없어졌어요. 엄마도, 남편도, 나 자신조차도. 좋아하고 싶지 않았어요. 왜냐면 언젠가 당신을 만나 이 말을 하고 싶었으니까. "당신이 틀렸어." 그러니까 이젠 사실대로 말해줘요. 그때 나한테 왜 그랬어요?

의부, 그제야 기억이 난 듯 크게 탄식한다.

의부　（정말 안타깝다는 듯) 아이고, 너 아직도 그 일을 마음에 담아두고 있었니? 아이고, 그게 벌써 언제 적인데. 난 다 잊었다. 정말이야. 그러니 너도 안 좋은 기억이 있으면 잊으렴.

그때 밑에서 누군가 부르는 소리가 들린다.

의부　네네, 죄송합니다. 지금 바로 가겠습니다. 네네. (일어서서) 아이고, 그게 언제 적 일이니. 20년? 30년? 아직까지 그런 일에 집착하면 안 돼. 그러다 병 되는 거야.

의부, 내려간다.

엄마, 고개를 숙인 채 회를 쌈에 싸서 먹는다.

그렇게 연거푸 몇 개를 싸 먹더니 지갑에서 돈을 꺼낸다.

지갑 안에 돈이 얼마 없다는 걸 알고는 옷걸이에 걸린 가방을 가져와
집 열쇠를 꺼낸다.

엄마   (돈과 열쇠를 여자의 손에 쥐어주며) 우리 살던 집 기억
           하지? 이사 안 가고 그대로 있어. 안방에 가면 분홍
           색 통장이 있을 거야. 통장에 비밀번호 적어놨으니
           까…… 은행에 가서 얼마가 되든지 다 인출해. 인출
           해서 돌아가. 네 명의로 해놓은 거니까 통장은 안 돌
           려줘도 돼. 원래 너 결혼하면 주려고 했는데, 네가
           말도 없이 결혼하는 바람에 주지도 못했던 거야. 네
           돈이야, 그러니까.

여자, 열쇠와 돈을 바라보다가

여자   이거 왜 주는 거야?

엄마, 대답하지 않는다.

여자   이걸 나한테 왜 주는 거야?

엄마   ……말했잖아. 너 결혼할 때 해준 게 없으니까.

여자, 눈빛으로 항의한다.

엄마, 여자의 눈빛을 피한다.

여자, 아래층으로 내려가려는데 엄마가 필사적으로 붙잡는다.

여자   아저씨! 아저씨!

엄마   이러지 미리. 이러지 마. 진정해. 너 잘 살고 있잖아.
            남편도 있고, 임신도 했고. 대학에 수업까지 나간다
            며. 너 잘 살고 있잖니.

여자가 엄마를 거칠게 떼어낸다.

엄마, 그 와중에 열쇠를 집어서 여자에게 주려고 하지만 여자가 완강히

거부한다.

여자   필요 없어!

여자, 화를 누르기 위해 가까스로 숨을 고른다.

여자   엄마는 무슨 일이 있었는지 알고 있었어. 근데 아무

말도 안 했지.

엄마　　　…….

여자　　　말해봐. 그때 나한테 왜 그랬어?

엄마　　　무슨 말을 하는지 모르겠구나.

엄마, 고개를 숙인다.

여자　　　그래, 엄만 아무것도 모르지.

여자, 자리에 앉는다.

잠시 뒤 의부가 매운탕을 들고 올라온다.

의부　　　(테이블에 매운탕을 내려놓은 뒤 헛기침을 하고는) 기가 막힌 매운탕이 왔습니다. 매운탕 만들면서 생각했는데…… 여전히 잘 기억이 안 나더구나. 난 단지…… 내 기억 속의 너는 날 참 좋아했던 그런 귀여운 아이였거든. 나는 아마 장난이었던 것 같다. 내가 좀 짓궂은 면이 있어서……. 이유야 어찌됐든 네가 그렇게 괴로워하고 있었다니 사과하마. 미안하다.

의부, 여자에게 악수를 건넨다.

여자, 그런 의부를 무시하고 음료수를 따라 마신다.

의부   (손을 흔들며) 응?

엄마   그만해요.

의부   ……그래. 응어리진 마음을 푸는 덴 노래가 최고지.

의부가 노래방 기계를 켠 다음 노래를 튼다.

여자에게 같이 부르자는 몸짓을 하지만 여자는 미동도 하지 않는다.

엄마, 눈치를 보며 의부와 여자를 자연스레 떨어트려 놓는다.

의부, 어느새 노래에 심취한다.

엄마, 의부에게 어깨를 잡힌 채 마지못해 박수 치며 따라 부른다.

의부가 마이크를 엄마에게 건넨다.

엄마, 어쩔 수 없이 노래를 부른다.

잠시 뒤, 노래에 울음이 섞인다.

참으려 하지만 소리가 새어나오다 울음만이 계속된다.

엄마, 참지 못하고 밖으로 나간다.

의부, 엄마가 나간 곳을 쳐다보다가 머리를 긁적이며

의부   네 엄마 자주 저런다. 너무 신경 쓰지 마라.

의부, 다른 노래를 고르고 부르기 시작한다.

7장

횟집 앞 바닷가 모래밭.

엄마가 울고 있다.

여자가 다가온다.

엄마는 여자의 얇은 옷차림이 걱정된다.

엄마   추운데 왜 그렇게 얇게 입고 다녀.

엄마, 자기 겉옷을 벗어 여자에게 건넨다.

여자   그때 왜 날 지켜주지 않았어?

엄마   ……배 속에 애 들어. 좋은 얘기만 해.

여자   지금 내가……! (말을 삼킨다.)

엄마   너 무슨 일 있니?

여자   (격앙된 어조로) 엄마 때문이야. 모든 게 다 엄마 때문이야. 엄마가 그때 날 지켜주지 않아서, 아무도 날 지켜주지 않으니까, (감정을 누르면서 말을 이어나가지만 쉽지 않다.) 내가, 그날 이후로 얼마나, 나 혼자서 계속…….

여자, 말을 멈춘다.

더 이상 말을 하면 아이처럼 울 것 같아서.

여자   엄마, 나 진짜 너무 외로워.

엄마는 자신이 무엇을 해야 하는지 알지만, 하지 못한다.

엄마   ……잊어. 잊는 거야. 안 좋은 일은 잊고, 좋은 것만
                생각하면 돼. 응?

여자, 나간다.

엄마, 여자가 나간 곳을 한참 동안 본다.

8장

집으로 돌아가는 길, 자동차 안.

차가 신호를 받고 서 있다.
여자, 정면을 보고 있다.
피해자가 여자의 옆자리에 앉아 있다.

피해자   (웃는다.) 잊으라니.

신호등 경보음이 울린다.

여자   (따라서 웃기 시작한다.) 잊으라니!

두 사람, 서로를 보며 킥킥거리고 웃는다.
이내 신호가 바뀐다.
여자와 피해자, 등을 곧추세운다.
여자, 다시 운전을 시작한다.

9장

정오, 카페.

창가 자리에 형사1, 2가 바짝 붙어 앉아 있다.

테이블 위 찻잔은 세 개.

두 사람은 여자를 기다리는 중이다.

형사1   (맞은편 자리의 찻잔을 보며) 너무 빨리 시킨 것 같네요.

형사2   …….

형사1   얼음이 다 녹겠어요.

형사2, 시계를 본다.

형사1   그러게 오면 같이 시키자니까.

형사2   주문하면 기다려야 하잖아요. 한 테이블에 앉아서 얼굴 마주 보고. 그러다 형사님이 화장실에라도 가면 둘이 있어야 하고…….

형사1   친했다면서요.

형사2	······그런 모습은 처음 봤어요.
형사1	무서웠어요?
형사2	······그게 아니라요. 그냥 낯설어서요. 무슨 말을 해야 할지 모르겠어요.
형사1	저는 예전에 친구 죽이고 숨어버린 놈 찾다가 범인 엄마한테 프라이팬으로 맞은 적도 있어요. 뜨거운 걸로. 요리하던 걸 그냥 던져버리더라고요.
형사2	······.
형사1	이쪽 생활 하면 앞으로도 많이 보게 될 텐데요, 뭘.
형사2	오늘······ 왜 보자고 한 걸까요. 목걸이······ 거짓말한 게 들킨 걸까요?
형사1	목걸이 그때 그 여자가 가져갔잖아요. 우리도 그 후론 그쪽에 얼쩡거리지 않았고. 페어플레이 했는데 뭘.
형사2	시작이 거짓말이었으니까요.
형사1	우리밖에 모르는 거짓말이죠. 괜찮아요. 우리만 가만있으면. (어딘가를 보고) 왔네요.

잠시 뒤 여자가 들어온다.

여자, 맞은 편 자리에 앉아 앞에 놓인 얼음이 녹은 음료를 본다.

형사1	아, 손님이 많아서 빨리 주문하고 자리에 앉아야 한다고 해서요.
여자	아. 사람이 많네요.
형사1	뉴스에선 불경기라는데 다 거짓말인가 봐요. 이 시간에 잘 안 다니세요?
여자	그동안은 일하느라 바빠서.
형사1	오늘 상담소는 어떻게 하고…….
여자	당분간 쉬려고요.
형사1	…….
형사2	…….
형사1	드세요. 얼음 다 녹겠네.
여자	…….
형사1	아, 임신 중에 커피는 안 되나?
형사2	아, 맞다.
형사1	죄송합니다. 우리가 이렇게 정신이…….
여자	괜찮아요. 마시고 왔어요.
형사1	……?
여자	한참 전에 와 있었어요. 왠지 긴장이 돼서. 좀처럼 나올 수가 없었어요. 죄송해요. 기다리게 해서.
형사1	아, 아닙니다.
여자	시간이 좀 필요했어요. 저도 각오가 필요한 일이

라……. 기다리는 동안 계속 창밖을 보고 있었어요. 그동안 일만 하느라…… 평일 낮인데도 길거리에 사람이 이렇게 많은지 몰랐어요. 저 건물 맞죠? 여섯 번째 피해자가 일하는 데. 전 얼굴은 모르니까…… '누굴까?' 하고 지나다니는 여자들을 보고 있었어요. (사이) 어제는요, 첫 번째 피해자가 살았다는 집에 가봤어요. 여전히 쇠창살이 안 달려 있더라고요. 1층이고 길거리인데. 그 여자 기록에 적혀 있었거든요. 집주인한테 쇠창살을 달아달라고 말했다가 그냥 당신이 재수 없어서 그런 일이 벌어진 거란 말을 들었다고. 문 앞에 앉아서 계속 기다렸어요. 집주인을 만나면 한마디 해줘야지. 공책을 꺼내서 어떻게 말하면 집주인을 괴롭힐 수 있을까 생각하면서 적고 또 적고……. 그러고 있는데 어두웠던 골목길 가로등이 켜지고, 하나둘 집들에 불이 켜졌어요. 어디선가 말소리가 들리고, 밥 냄새가 나고, 티브이를 보는 모습이 보이고……. 이렇게 앉아서 끝이 보이지 않는 골목길을 보고 있는데…… 그 골목길 끝에…… 뭔가…… 커다란…… 내…… 인생의 진실이 서 있을 것 같았어요. 걸어 나갔어요. 걷고 또 걷고…… 그 끝에 뭐가 있는지, 내 눈으로 봐야 할 것

같아서. 계속 걸었어요. (사이) 여러 가지 기억이 절
찾아왔어요. 피해자는 이곳을 몇 번이나 지나갔을
까, 자살을 결심한 날 무슨 생각을 했을까, 이렇게
맛있는 냄새와 정겨운 소리들이 그녀에겐 들리지
않았을까, 아니면 그런 예쁜 소리와 따뜻한 빛들이
오히려 더 그녀를 화나게 만들었을까? 지금의 나처
럼?

여자, 가방에서 목걸이를 꺼내 테이블 위에 놓는다.

여자   거짓말을 했습니다. 그때 경찰서에서 형사님께 소
리 지르면서 내 남편의 알리바이를 증언했지만, 사
실 몰라요. 그이가 정말 그때 내 옆에 있었는지, 아
니면 나갔는지. 전 잘 때 수면제를 먹어요. 그게……
내…… 오랜 친구거든요. 죄송해요. 내 남편이 범인
일 수 있어요.

여자, 목걸이를 두 사람 쪽으로 민다.

여자   이게 있으면 범인을 잡을 수 있는 건가요?

형사1과 2, 대답하지 못한다.

여자　　　……형사님. 제게 이유를 물어보셨죠. 왜 누군 죄를
　　　　　　짓고도 잘 지내고, 왜 누군 죄 없이 울어야만 하냐고
　　　　　　요.

형사1　　　…….

여자　　　전문가랍시고 그동안 말하고 다녔지만, 이제 와 안
　　　　　　게 하나 있어요. 나도 모르겠어요. 하지만 그런 질문
　　　　　　에 어떤 대답이 있다면 그건 그것대로 화가 나지 않
　　　　　　겠어요?

형사1　　　미안합니다.

여자　　　…….

형사1　　　미안합니다.

여자　　　그이가 나한테 말했어요. 그냥 물어보라고. 그러면
　　　　　　사실대로 말해주겠다고. 나는 묻지 못했어요. 그를
　　　　　　믿지 못해서가 아니었어요. 날 믿지 못해서였어요.
　　　　　　오늘 집에 가서 그때 묻지 못했던 걸 물으려고요. 어
　　　　　　떤 결과가 나오든 연락드릴게요. 조금만 기다려주
　　　　　　세요.

형사1　　　위험해요. 너무 위험한 행동이에요.

형사2　　　그냥 저희한테…….

여자   싫어.

형사2   …….

형사1   우린 당신을 돕고 싶은 거예요.

여자   (피식 웃고) 더 이상 그런 말에 안 속아요.

여자, 일어난다.

형사들의 애타는 눈빛을 읽고는 잠시 생각하다가

여자   누렵지가 않아요. 어떤 것도. 이상하죠? 그런데 그

           래요, 지금 제가.

여자, 미소를 짓는다.

여자   (나가다가 밖을 보곤) 오늘도 덥겠네요.

여자, 더위 속으로 기꺼이 들어간다.

10장

자정쯤, 여자의 집.

여자는 외출복 차림 그대로다.

여자, 두 명이 앉기에 적당한 테이블 위에 다과를 차리고 있다.

잠시 뒤 남편이 들어온다.

남편   웬일이야. 이 시간까지 깨어 있고. 옷도 안 갈아입고
          뭐 해?

남편, 대수롭지 않은 듯 옷을 갈아입으러 방으로 들어가려는데

여자   차 마시고 해.

남편   왜 그래? 수면제 떨어졌어?

여자   수면제 안 먹은 지 꽤 됐어.

남편   ……?

여자   나 임신했잖아.

남편   아……. 언제부터 안 먹었어?

여자   앉아서 이야기할까?

남편, 잠시 여자를 바라보다가 자리에 앉는다.

여자, 남편의 찻잔에 말린 국화꽃을 덜어 넣는다.

남편   (찻잔을 보고) 이게 뭐야?

여자   국화.

남년   이게?

여자   별만 알았지, 꽃이 마르면 어떤 모습인지 몰랐지?

님편   아, 이세 마른 보양이구나.

여자   나도 몰랐어.

남편, 어깨를 한번 으쓱해 보이고는 고개를 들어 주위를 보다가 뭔가

이상하다는 걸 느낀다.

남편   집이 뭔가 바뀐 것 같은데. (기억을 더듬듯 둘러본다.)

여자   어. 티브이 치웠어.

남편   아, 그렇구나. ……왜?

여자   한강에서 시체가 발견됐대.

남편   또 무슨 사건 났어?

여자   사건이야 항상 나지.

남편   당신 옛날부터 그런 거 보는 거 정말 싫어했지.

여자   내가 죽였을까 봐.

남편   뭐?

여자   사람 죽이는 꿈을 자주 꿨거든.

남편, 웃는다.

여자   그런데 지금은 아니야.

남편   ……무슨 일 있어?

여자   당신한테 듣고 싶은 말이 있어. 하지만 그전에 당신
               한테 하고 싶은 이야기가 있어.

피해자가 들어와서 여자가 마련해놓은 자신의 자리에 가 앉는다.
이내 물이 끓었음을 알리는 주전자 소리가 들린다.

남편   비명 같네.

여자, 주전자의 물을 자신의 찻잔에 따른다. 그러고는 남편을 본다.

남편   ……긴 밤이 되겠어. 좋아. 나도 한잔 따라줘. 가득.

여자, 남편의 찻잔에 물을 따른다.

찻잔 속의 꽃이 피어오른다.

여자, 모든 준비를 마치고 남편과 마주 앉는다.

피해자가 다가와 여자와 남자의 중간에 앉으면

막.

전화벨이 울린다

이연주

등장인물	김수진	콜센터 상담원
	박민규	연극배우
	장애순	콜센터 상담원
	오혜정	콜센터 팀장
	황미영	콜센터 상담원
	이지은	콜센터 상담원, 일등 사원
	김윤희	콜센터 상담원, 취업 준비 중
	김준영	콜센터 상담원
	센터장	콜센터 센터장, 본사 정규직
	직원	호프집 아르바이트
	목소리	고객 1, 2, 3, 4, 5, 6

무대　　　　주 무대는 콜센터와 고시원이다.

콜센터는 사무실과 휴게실로 나눠져 있는데, 사무실은 각각의 책상 사이에 칸막이가 있어서 독립된 공간이 보장되지만 좁아 보인다. 사무실 중앙에는 모니터 화면으로 전체 콜 수와 업무량이 많은 순서대로 이름이 나타나는데, 빨간불과 함께 바쁜 콜센터 분위기를 보여준다. 휴게실에는 여러 사람이 함께 앉을 수 있는 의자와 탁자가 있는데, 이곳 또한 넓지는 않다. 휴게실은 직원들의 식당과 휴식 공간, 교육실 등으로 이용되는데 파티션으로 공간을 구분할 수 있다. 고시원 옥상은 무대의 다양한 공간을 이용할 수 있다. 콜센터의 공간과 분리되어 있다가 연기 수업이 진행되면서 콜센터와 고시원 옥상이 서서히 겹쳐지길 바란다.

프롤로그

희뿌연 안개가 가득하다. 수진은 안개 속을 헤매고 있다. 여기저기에서 빨간 불빛의 괴물이 기묘한 소리를 내며 수진에게 다가온다. 도망치려고 하는 수진을 향해 괴물들이 달려든다. 어느새 빨간 불빛과 소리가 수진을 감싼다.

수진   저기요. 아무도 없어요? 도와주세요. 제발요.

수진, 소리를 지르며 꿈에서 깨어난다.

고시원 수진의 방.

알람이 시끄럽게 울리고 있다.

옆방에서 벽을 두드리는 소리와 함께 고함이 들려온다.

민규   좀 일어나라! 제발! 안 일어날 거면 알람을 끄든지!
수진   아! 또 지각이야!

수진, 급하게 일어나 회사로 향한다.

1장

오전 8시 40분, 콜센터.

업무 준비로 소란한 사무실. 수진의 자리 말고도 빈자리가 보인다.

미영   아침부터 왜 비는 오고 난리야. 진상들 또 신나서 전
        화하겠네.

애순   미영아, 시험문제 어떤 거 나온다디?

미영   몰라. 월요일부터 무슨 시험이야. 전화 받는 것도 미
        치겠는데.

애순   공부했을 거 아니야. 점수로 등급 나눈다며. 이번 달
        월급도 깎이면 애들 학원 아예 끊어야 돼.

미영   우리야 다 비슷하지. 이지은한테 물어봐.

애순   저 기집애는 알려주지도 않아.

지은   지금 본다고 뭐가 달라져요?

애순   야, 이 언니가 무슨 경쟁자라고 알려주지도 않냐?
        (빈자리를 보며) 현숙이가 있었으면 알아서 챙겨줬을
        텐데.

윤희   (애순에게 노트를 주며) 애순 언니, 이거 한번 보실래

전화벨이 울린다

요? 별거는 아니고요.

애순   대졸이라 다르네. 윤희 니가 정리한 거야?

미영   쪽지시험 보는 데 뭘 그런 거까지 준비하냐? 어디
        한번 봐봐.

미영과 애순이 윤희의 노트를 서로 보려고 하는데, 혜정이 들어온다.

혜정   자, 다들 자리에 앉으세요. (시험지를 나눠주며) 김수
        진 씨는 오늘도 지각이에요? (현숙의 자리에도 시험지
        를 놓으려다 관둔다.) 바로 시험 볼게요. 시간 얼마 없
        습니다.

잠시 뒤 센터장이 들어온다.

혜정, 센터장을 보고 인사한다.

센터장, 주위를 둘러보고는 현숙의 자리로 다가간다.

센터장   오 팀장. 김현숙 씨 자리 맞죠?

혜정   네, 맞습니다.

센터장   여러분도 알다시피 지난주에 불미스러운 일이 있었
        습니다. 우리는 통신업체입니다. 다들 입사할 때 보
        안 서약서 썼을 겁니다. 그런데 콜센터 직원이 자신

의 아주 사적인 감정을 이기지 못하고 고객의 개인 정보를 확인해서 전화하고 욕을 하고……. 이게 말이 됩니까? 다행히 고객 분이 우리 상담원들의 사정을 이해해주셔서 일이 조용히 마무리됐지만, 회사로서는 절대로 받아들일 수 없는 일입니다. 이번에는 퇴사로 마무리됐지만 앞으로 이런 일이 생길 시엔 단순 퇴사 조치되지는 않을 겁니다. (태도를 바꾸며) 하지만! 전 이번 일을 통해서 오히려 긍정적인 변화가 생길 거라고 확신합니다. 이렇게 시험을 통해 업무에 긴장도 줄 거고요. 더불어 여러분의 상담 실력 향상을 위한 본부장님의 특별 지시사항을 전달하겠습니다.

센터장이 팀장에게 공지문을 전달하면 팀장은 사람들에게 나눠준다.
다들 공지문을 집중해서 읽는다.
그때 수진이 들어온다.
다들 수진을 바라본다.
수진, 자리에 앉는다.

센터장 김수진 씨가 타이밍을 아주 잘 맞춰서 들어왔네요. 본부장님 특별 지시사항입니다. 첫 번째 지시사항

전화벨이 울린다

은 김수진 씨가 읽어주세요.

수진 공지사항 첫 번째, 한 달에 3회 이상 지각 시엔 등급 하락…….

센터장 네. 등급 하락 있습니다. 두 번째, 콜 달성률이 85%로 떨어졌습니다. 대기 시간은 30초 이상, 통화 시간은 5분 이상 길어지지 않도록 효율적인 상담이 필요합니다. 그리고 개인 콜 수가 80콜을 넘지 않을 경우에도 등급 하락 있습니다. 물론 가장 중요한 건 친절한 상담입니다. 오늘부터 각 팀 팀장들뿐만 아니라 저도 모니터링에 참여할 겁니다. 필수 안내 멘트 잊지 마시고, 늘 밝은 음성과 표정 유지하길 바랍니다. 즐거운 월요일입니다! '내가 곧 회사고, 회사가 곧 나다.' 하는 마음으로 오늘도 한 통도 놓치지 말고, 성심성의껏 응대해주세요. 자, 오늘도 힘차게 외쳐볼까요?

모두 마음과 마음을 이어줘요. 신속! 정확! 친절!

센터장 오 팀장, 8시 55분입니다.

혜정 네. 시간 됐습니다. 시험지 걷을게요.

직원들, 각자 헤드셋을 머리에 쓴다.

혜정이 수진에게 다가온다.

수진   죄송합니다.

혜정   조용히 나 좀 봐. 일단 후처리 버튼 눌러놓고.

수진   네.

센터장   자! 9시입니다. 다들 호 여세요. 전화 들어옵니다.

센터장의 말이 끝나자마자 여기저기서 전화벨이 울린다.

직원들, 한 명씩 전화를 받는다.

센터장, 직원들이 전화 받는 것을 확인한 뒤 나간다.

혜정   오늘 월요일이라 전화 많아요. 쉬는 시간 갖지 말고
         바로바로 받아주세요. (수진을 보고) 김수진 씨!

수진이 혜정의 자리로 간다.

혜정은 수진의 얼굴을 보고 한숨을 쉰다.

수진   죄송합니다.

혜정   정말 죄송한 게 뭔지 알아?

수진   오늘은 정말 안 늦으려고 했는데요.

혜정   그거 말고.

수진   엘리베이터에 사람이 많아서…….

혜정   이거 들어봐.

혜정, 모니터링 녹음 파일을 재생시킨다.

두 사람, 헤드셋을 착용한다.

수진   사랑합니다, 고객님. 상담원 김수진입니다. 무엇을 도와드릴까요?

고객1   여보세요?

수진   네, 고객님.

고객1   지금 뭐라고 했어요?

수진   네?

고객1   처음에 나한테 뭐라고 했잖아요.

수진   …….

고객1   아, 답답하네. 전화 다시 받아봐요.

수진   사랑…… 합니다……, 고객님…….

고객1   그래! 사랑한다며! 근데 나한테 왜 그랬어?

수진   네?

고객1   지난달 내 전화요금 얼마 나왔어?

수진   고객님, 요금 확인 전에 몇 가지 정보 여쭙겠습니다.

고객1   내 정보 다 뜨잖아. 딴소리하지 말고 얼마 나왔는지 나 보라고!

수진   (사이) 잠시만 기다려주십시오. (mute 버튼을 누른다.
           하지만 버튼이 제대로 눌러지지 않아 수진의 음성이 고객
           에게로 전달된다.) 아, 개새끼…… 아침부터 왜 소리
           를 지르고 지랄이야…….

고객1   뭐라고?

수진, mute 버튼이 눌러지지 않은 것을 알고 당황한다.

고객1   아, 너 지금 뭐라고 했어? 개새끼?

수진   아…… 그게…… 아니고요…….

고객1   너 이름 뭐야?

수진   …….

고객1   빨리 이름 안 대? 미친년아! 너 내가 가만둘 줄 알
           아?

수진   아이 씨…….

전화 끊는 소리가 들린다.

혜정, 재생을 멈춘다.

혜정   김수진 씨.

수진   …….

혜정	김수진.
수진	네…….
혜정	일하기 싫으면 그만둬요.
수진	죄송합니다.
혜정	우린 서비스를 제공하는 사람들이야. 고객은 당연히 화나는 일이 있으니까 우리한테 전화를 한 거고, 그걸 해결하는 사람들이 상담원이라고. 수진 씨, 지금 몇 년 찬데 이런 기본적인 교육까지 다시 해야 돼?
수진	다시는 그런 일 없도록 하겠습니다.
혜정	지금 전화 받는다고 생각하고 다시 해봐요.

혜정, 수진에게 거울을 준다.
수진, 거울을 보고 가상으로 전화 받는 연습을 한다.

수진	사랑합니다, 고객님.
혜정	다시. 목소리 톤이 너무 낮아. 더 밝고 높게.
수진	(혜정의 지시에 맞게) 사랑합니다, 고객님.
혜정	거울 봐. 지금 안 웃잖아. 수진 씨, 그 퉁명스러운 표정이 말투에도 그대로 전달된단 말이에요. 그럼 고객이 기분 좋겠어? 웃으면서 다시 해보세요.

수진   (억지로 웃으며) 사랑합니다, 고객님.

혜정, 거울을 치운다.

혜정   오늘로 지각 3회, 업무 평가도 하위야. 다행히 항의
                전화를 내가 받아서 조용히 넘어가는 거야. 아까 센
                터장님 말씀 들었지?
수진   네.
혜성   현숙 씨 일 때문에 우리 팀 십중 모니터링 대상이야.
                계약업체에까지 얘기 들어가면 수진 씨 재계약도
                어려울 수 있어.
수진   네…….
혜정   수진 씨 자리 빨간불 뜬다. 얼른 가서 전화 받아.

수진, 기가 죽은 채 자리로 가서 앉는다.
수진의 옆자리에 앉은 미영이 고개를 내민다.

미영   뭐 걸렸어?

수진, 말없이 고개를 끄덕인다.

미영   귀신같은 년. 그래서 뭐래? 다시 교육받아야 된대?

혜정   황미영 씨! 김수진 씨! 전화 들어옵니다. 빨리 전화
       받으세요.

미영   점심시간에 말해줘. (전화를 받으며) 사랑합니다, 고
       객님.

수진   (크게 숨을 고른 후 버튼을 누른다. 밝은 목소리로) 사랑
       합니다, 고객님. 상담원 김수진입니다. 무엇을 도와
       드릴까요?

여기저기서 전화벨 소리와 상담하는 소리로 시끄럽다.

2장

점심시간, 휴게실.

좁은 공간에 의자와 테이블 정도가 놓여 있다. 휴게실 한쪽에는 정수기와 작은 공간에 비해 큰 시계가 걸려 있다.

노시락을 먹는 윤희, 애순, 미영.
수진은 휴게실 한쪽에 앉아 있다.
윤희는 취업 준비를 위한 문제집을 도시락 옆에 두고 읽으며 밥을 먹는다.

애순   미영아. 아까 주관식 답이 뭐였어?

미영   주관식이 뭐였지?

애순   인터넷 3년 약정하면 얼마 할인해주나…….

미영   아, 맞다. 답이 뭐야? 야, 김윤희.

윤희   15%예요.

미영   진짜? 찍었는데 맞았다.

애순   그것도 틀렸네.

미영   김윤희, 밥 먹고 봐. 지금 봐서 몇 문제나 더 푼다고.

전화벨이 울린다 _____

윤희	한 문제로 떨어지고 붙고 해요.
애순	수진아, 이리 와서 먹어. 오늘은 전화 많다고 점심시간도 30분밖에 없어.
미영	사람 하나 줄었다고 전화가 이렇게 많냐? 현숙 언니는 좀만 참지. 한창 바쁠 때 나가냐…….
애순	너 같으면 그 망신을 당하고 다닐 수가 있겠니? 빈자리 생기니까 난 괜히 썰렁하고 이상하더라.
미영	콜센터에 사람 나가는 게 뭐 그렇게 이상한 일이라고. 빈자리 하나씩 있지 뭐.
애순	그냥 나가는 거랑 같아? 현숙이 나간 게?
윤희	다른 데 경력직으로 가시지 않을까요? 수진 언니는 진짜 다행이에요. 팀장님 선에서 끝났잖아요.
미영	팀장이 앞으로 얼마나 쪼겠니? 대학까지 나온 애가 눈치가 없어.
윤희	수진 언니, 죄송해요. 그런 뜻은 아니고요.
애순	(미영에게) 넌 애 눈치 좀 주지 마.
수진	(날카롭게) 제가 뭐요?

사이

애순	너 말고. 미영이.

미영   하여튼 윤희는 되게 챙겨. 쪽지시험에서 덕 좀 봤나
        봐?

애순   니가 가져가는 바람에 제대로 보지도 못했다. 이번
        달엔 학원비 꼭 준다고 했는데.

미영   언니 아들 똑똑하다며. 학원 안 다녀도 될 애는 되고
        안 될 애는 안 돼.

애순   요즘에 학원 안 다니고 대학 가는 애가 어딨어? 그
        치, 윤희야?

미영   윤희 얘 내학 나와서 우리당 똑같이 선화 받는 거
        봐. 대학이 무슨 소용이야?

애순   취업 준비.

미영   언니가 얘 대변인이야?

애순   얜 얼마나 답답하겠니?

윤희   미영 언니 말이 맞아요. 저도 처음에는 알바로 시작
        한 건데, 하다 보니까 계속 전화만 받게 돼요.

애순   이력서는 계속 내지?

윤희   네.

애순   이쪽 경력이라도 잘 쌓아놓든지. 그래야 교육 강사
        나 팀장이라도 하지.

윤희   전 전화 받는 것도 힘들어요.

미영   너 같은 애가 더 잘할 수도 있어. 팀장 봐. 아주 조

전화벨이 울린다

근조근 사람 죽이잖아. 요즘엔 왜 그렇게 또 예민하
대?

애순   남들 통화 매일 듣는 거, 그것도 일이다. 그리고 현
숙이 일 때문에 계속 불려 다녔잖아. 오늘 보니까 얼
굴이 핼쑥해져서 불쌍하더라.

미영   누가 누구보고 불쌍하대? 지가 본사 정규직인 줄 아
나, 우리랑 똑같은 계약직 주제에. 윤희, 너 조심해.
은근 잘난 척하는 게 팀장처럼 될 가능성이 보여.

그때 팀장이 들어온다.

팀장, 정수기에서 물을 받는다.

다들 조용하다.

팀장   수진 씨는 밥 안 먹어요?

수진   속이 안 좋아서요.

팀장   그래도 밥은 먹어야지.

수진   네.

미영   팀장님은 식사하셨어요?

팀장   오늘 내가 현숙 씨 대신 전화 받느라 이따 먹어야
될 거 같아. 지금 콜이 너무 많아요. 미안한데 빨리
먹고 전화 좀 받아줘요. 쉬는 시간 5분씩 더 줄게요.

맛있게들 드세요.

팀장이 나간다.

미영   자기가 계속 받으면 되지, 뭘 빨리 먹고 오래?

애순   (미영을 따라 하며) "팀장님은 식사하셨어요?" 야, 속
                보인다.

미영   빨리 나가라고 한마디 한 거지.

애순   그래, 일른 믹고 가자.

다들 밥을 빨리 먹기 시작한다.

수진   언니들은 어떻게 참아요?

애순   시간 없어. 얼른 먹어.

미영   넌 그렇게 하나하나 마음에 담아두면서 어떻게 사
                냐? 잊어버려.

수진   나도 잊어버리고 싶지. 근데 계속 생각나는 걸 어떡
                해.

미영   그러니까 mute를 잘 눌렀어야지, 맹추야. 콜센터
                몇 년 찬데 그것도 못 하냐? 아니면 제대로 눌렀는
                지 확인하고 욕을 하든지, 아니면 속으로 욕을 하든

전화벨이 울린다

지……. (꾸역꾸역 밥을 삼킨다.)

수진   아니면?

미영   (밥을 꿀꺽 삼키며) 그냥 참아.

수진   (날카롭게) 진짜 궁금해서 그래.

애순   수진아. 너 이제 막 시작한 것도 아니잖아. 잘 참더니 요즘 왜 그래?

수진   (민망해하며) 죄송해요.

윤희   아까 어떤 아줌마는 저보고 아는 게 뭐냐고, 그렇게 무식하니까 거기 앉아서 전화 받는 거라고 그러는데 진짜 서럽더라고요.

애순   대졸이라고 얘기하지 그랬어.

미영   난 아예 내 담당 진상 있잖아.

윤희   담당이오?

애순   (미영을 가리키며) 맨날 전화해서 얘만 찾아.

다들 웃는다.

애순   아까 어떤 아줌마는 돌아가신 우리 부모님까지 소환하더라. 그땐 나도 덜컹거리더라고. 그래도 어떻게 해? 전화 받아야지.

윤희   정말 심하게 말하는 사람들은 전화 못 하게 막았으면 좋겠어요. 아니면 전화라도 먼저 끊을 수 있으면 좋은데. 회사에 건의하면 안 돼요?

미영 그럼 콜센터 없어지게? 우리 월급이 다 욕먹는 값이다.

애순 그러니까 남의 돈 벌기가 어렵다는 거야. 그렇게 쉬우면 돈을 주겠니?

미영 진싸 이해의 여왕이야.

애순 너도 자식 낳아서 학원비 벌어봐. 세상에 이해 못 할 일 없다.

다들 웃는데, 지은이 물을 마시러 들어온다.

미영 우리 같은 걱정 없는 사람, 저기 오네.

애순 쟨 기계야. 감정이 없잖아, 인간이.

윤희 지은 언니, 식사하셨어요?

지은 응.

윤희 언니도 저희랑 같이 도시락 먹어요.

미영 윤희야. 쟨 우리보다 월급도 한참 많은데 뭐 하러 귀찮게 도시락을 싸겠니?

지은 그렇게 꼬우면 너도 잘하든지.

미영 말을 저렇게 예쁘게 해요.

전화벨이 울린다

윤희   언니는 어떻게 참아요?

지은   뭘?

윤희   언니도 화날 때 있죠?

지은   아니.

애순   저것 봐.

수진   진짜 화날 때 없어요? 전화해서 무작정 욕하고 소리 지르는데 진짜 화가 안 나요?

지은   화내봤자 내 기분만 나쁜데, 왜 화를 내? 어차피 너만 상처 받아.

미영   기계가 사람 걱정하네.

지은   욕먹었다고 기분 나빠서 울고, 팀장한테 걸려서 혼났다고 또 울고, 점수 낮아서 월급 적게 받고. 그러다가 우울증 걸려서 회사까지 잘리고. 그런 바보 같은 짓을 왜 하니?

미영   우울증? 누가?

지은   현숙 언니. 그러니까 아예 처음부터 그런 상황을 만들지를 마. 아니면 빨리 잊어버리든지.

애순   야, 넌 그걸 알면서도 그렇게 말을 하니?

미영   진짜 무섭다, 무서워.

수진   그건 어떻게 하는 건데요?

애순   됐어. 넌 뭘 자꾸 물어봐?

지은   그냥 연기한다고 생각해.

수진   연기요?

미영   역시 멘탈 갑이야. 넌 배우 하지 그랬니?

지은   그럼 쉽잖아. 그냥 웃는 척, 미안한 척하면 넘어갈 수 있는 일을 뭘 그렇게 진심으로 화내고 울어?

윤희   언니, 제가 잘 이해가 안 돼서요. 어떻게 하면 그럴 수 있어요?

지은   세상은 이해의 문제가 아니야. 받아들이거나 떠나거나 둘 중 하나지. 넌 빨리 그민두고 딴 일이나 찾아봐. 이것도 요령이 있어야 편해지지. 안 그러면 현숙 언니처럼 된다.

지은, 나간다.

미영   왜 이렇게 잘난 척하는 인간들이 많아? 알고 보면 쟤가 고객보다 더 나빠.

윤희   이 일에 요령이 있어요?

애순   니넨 무슨 질문이 그렇게 많냐? 현숙이가 아프다잖아.

미영   됐어. 좀 쉬면 낫겠지.

애순   몰랐네. 매일 봤는데…….

전화벨이 울린다

윤희   죄송해요. 이해가 안 돼서요.

미영   종자가 다른 거야. 지은이 쟤는 처음 들어올 때부터 저랬어. 신입 땐 한 번씩 울잖아. 근데 쟨 고객이 욕해도 "어머, 고객님. 정말 속상하시겠어요. 불편 드려 죄송합니다." 이 지랄을 떨더라니까. 저런 게 동기라고. 쟤랑 나랑 둘밖에 없는데.

윤희   저희 기수는 저 한 명이에요. 교육받고는 다 나가더라고요.

애순   그래도 이만한 데가 어딨냐. 출퇴근 시간도 칼이지. 앉아서 일하는 게 어디야.

수진   어떻게 연기한다고 생각하지?

미영   넌 지각이나 하지 마, 이 기집애야. 지각만 안 해도 지금 먹을 욕을 반은 덜 먹겠다.

수진   그 놈 때문이야.

애순   뭔 놈?

수진   옆방 남자요. 밤마다 뭐라고 뭐라고 중얼대는데 미치겠어.

미영   어머, 변태 아니야? 조심해.

수진   맨날 늦게 들어와서 밤새 중얼거리다가 내 방 알람 울리면 벽 두드리고……. 고시원을 나오든지 해야지.

윤희   언니, 상담을 받아보면 어때요?

수진   상담?

윤희   심리 치유, 상담 그런 거 많이들 하잖아요. 이쪽 사람들은 더 필요하대요.

미영   야, 그럼 우리 다 문제게? 콜 많이 받고 월급 더 받을 생각이나 해.

애순   그건 미영이 말이 맞다. 고시원 나오려면 그냥 눈 딱 감고 열심히 벌어. 야, 내가 콜센터만 7년이다. 요령? 그냥 익숙해지면 돼. 그거만한 요령 없어.

팀장이 들어온다.

팀장   오늘 콜 많다고 했잖아요. 빨리 들어오세요.

사람들, 급하게 나간다.

전화벨이 울린다

3장

새벽, 고시원.

수진은 다시 악몽에 시달리다가 깬다.

수진, 옥상으로 올라간다.

옥상에서 민규가 안대를 차고 연극 <오이디푸스>의 한 장면을 연습하고 있다.

수진이 그 모습을 본다.

민규   이제 너희는 내가 겪고 저지른 끔찍한 일들을 다시는 보지 못하리라. 너희는 보아서는 안 될 사람들을 충분히 오랫동안 보았으면서도 내가 알고자 했던 사람들을 알아보지 못했으니 앞으로는 영원히 어둠 속에 있을 지어다!

민규, 자신의 눈을 힘껏 찌르는 몸짓을 하더니 안대를 벗는다.

민규   어디를 보아도 짙은 공포뿐 차라리 암흑을 헤매이겠네.

그대들이여.

볼 수 있는 것 하나 없는 나의 이 몸을

끝 간 데 없이 저주 받은 나의 이 몸을

데려가주오, 쫓아내오, 나라 밖으로.

쫓아내오, 나라 밖으로.

민규, 수진을 발견한다.

어색한 침묵.

민규   뭐 하시는 거예요?

수진   죄송해요. 너무 열심히 하셔서…….

민규   그럼 자리를 비켜줘야죠. 사생활 몰라요?

수진   여기가 그쪽 옥상이에요?

민규   한창 집중하고 있었는데 다 깨졌잖아요.

수진   조용히 할게요. 저 신경 쓰지 말고 계속하세요.

민규, 내려가려고 한다.

수진   저기요.

민규   네?

수진   어떻게 하는 거예요?

민규   뭐가요?

수진   아까…… 웃었다가 울었다가…….

민규   그게 그쪽하고 무슨 상관이에요?

수진   기뻐서 웃은 거예요? 근데 갑자기 슬퍼졌어요?
       (민규를 따라 하며) 어떻게 하면 막 감정이 왔다 갔
       다…….

사이

민규   이 고시원에 살아요?

수진   그러니까 올라왔죠.

민규   뭐…… 사람이 꼭 기뻐야만 웃는 것도 아니고, 또
       어떤 면에서는 슬픔을 웃음으로 표현할 수도 있
       고……. 연기니까요.

수진   연기를 하면 안 기뻐도 웃을 수 있다는 거네요?

민규   뭐, 쉽게 말하면…… 그렇죠.

수진   가르치는 것도 하세요?

민규   뭘요?

수진   연기요. 다른 사람 가르치기도 하세요?

민규   배우 하시려고요?

수진   그건 아니고요.

민규	그럼 왜요?
수진	그냥 살면서 필요할 수도 있잖아요.
민규	어떨 때요?
수진	그냥…… 배워서 나쁠 건 없잖아요.
민규	나쁠 건 없지만, 일반인이 굳이 연기를…….
수진	(날카롭게) 그쪽도 제가 이해 안 되죠?

민규, 수진을 한참 쳐다본다.

수진	죄송합니다.

수진, 내려가려고 한다.

민규	저기요.
수진	네?
민규	혹시 어느 정도 생각하는데요?
수진	뭐가요?
민규	뭐…… 수업료도 그렇고…….
수진	아니에요. 됐어요.

민규, 다시 대사 연습을 한다.

전화벨이 울린다 _____

수진, 내려가다가 갑자기 뒤를 돌아본다.

수진   201호예요?

민규   어떻게 아세요?

수진   제가요, 그쪽 때문에 지금 잠을, 아니 회사를 못 다
        니겠어요.

민규   네?

수진   다 들려요. 그 소리가 얼마나 크게 들리는지 아세
        요?

민규   뭐가요?

수진   지금처럼 매일 중얼중얼하는 통에 제가 잠을 못 자
        겠단 말이에요.

민규   202호예요?

수진   네.

민규   잘 만났네. 자다가 막 소리를 지르질 않나. 아니, 일
        어나지도 못하면서 알람은 왜 그렇게 맞춰놓는 겁
        니까?

수진   그건 그쪽 때문에 제가 잠을 못 자서…….

민규   안 그래도 내가 총무한테 방 바꿔달라고 했어요. 배
        우한테 신체리듬이 얼마나 중요한 줄 알아요?

수진   그땐 다 일어날 시간이잖아요. 그쪽은 남 잘 시간에

떠드는 거고요.

민규   사람 사는 게 다 똑같아요? 그런 것도 이해 못 하는 사람이 무슨 연기를 배우겠다고 그래요?

수진   그렇게 이해를 잘하는 사람이 다른 사람은 왜 그렇게 이해를 못 해요?

민규   서로의 입장에서 말하는 거죠. 그게 이해죠.

수신   그럼 제 입장에서 좀 이해하시죠. 앞으로는 여기서 연습하시고요. 오늘부터 방에서는 좀 조용히 해주세요.

수진, 내려간다.

전화벨이 울린다

4장

아침, 콜센터.

센터장   지난주에 요금 고지서 나간 거 알죠? 그래서 이번 주 내내 콜이 많을 겁니다. 오늘도 점심시간은 30분, 휴식시간 10분이고요. 본부장님께서 여러분 고생한다고 특별히 커피를 쏘셨습니다. 자, 본부장님께 감사의 박수!

모두 박수.
혜정이 커피를 나눠준다.

센터장   회사는 여러분이 점심시간과 휴식시간을 줄이는 고통을 분담하는 것을 너무나 잘 알고 있습니다. 힘든 전화도 많겠지만 고객의 요구사항을 잘 듣고, 또 고객의 말에 진심으로 반응하면서 고객의 마음을 이해하는 것이 여러분의 존재 이유 아니겠습니까? 고객들이 우리 회사에서 처음 만나는 사람이 누굽니까? 바로 여러분입니다. 여러분은 우리 회사의 대표 얼굴이에요. 여러분은 나 하나의 작은 실수라고 생각하겠지만, 그런 실수 하나하나가 우리 회사의 이미지를 실추시키는 겁니다. 본인은 퇴사하면 끝이지만 회사가 입는 손해는 여러분이 상상하는 것보다 훨씬 심각합니다. 이렇게 중요한 업무를 맡고 있다는 자부심을 가지고 업무에 임하시길 바랍니다. 회사는 여러분의 편입니다. 힘든 일이 있으면 언제든지 나나 팀장한테 얘기하세요. 여러분 편에 설 겁니다. 자, 그럼 오늘노 외쳐볼까요?

모두　　　마음과 마음을 이어줘요. 신속! 정확! 친절!

센터장　　자, 9시입니다. 전화 들어옵니다.

센터장의 말이 끝나자마자 전화벨이 울린다.

한 명씩 전화를 받는다.

혜정은 앞에 서서 지시를 내리거나 직원들의 모습을 점검한다.

센터장은 전체를 지켜본다.

고객은 목소리만 들린다.

하나의 상담이 이뤄질 때에도 다른 상담 소리가 겹쳐서 들린다.

정확한 말이 들리기보다는 여러 통화가 겹쳐서 콜센터의 바쁜 일상이 들린다.

애순   사랑합니다, 고객님. 상담원 장애순입니다. 무엇을
         도와드릴까요?

고객2   (경상도 사투리로) 전화를 왜 이렇게 늦게 받아요?

애순   죄송합니다, 고객님. 무엇을 도와드릴까요?

고객2   부모님이 이사했는데 전화 연결이 안 됐어요.

애순   네, 고객님. 전화 이전 설치 말씀이시죠? 먼저 몇 가
         지 정보 여쭙겠습니다. 가입자분 성함이 어떻게 되
         십니까?

고객2   김 철자 성자요.

애순   네. 김철승 고객님이시고요.

고객2   아니요. 철성이오.

애순   네, 철자 승자요.

고객2   성이오. 성경할 때 성. 김철성.

애순   죄송합니다. 김철성 고객님이시고요. 전화 주신 분
         은 따님이세요?

고객2   네, 빨리 좀 확인해주세요. 제가 지금 바빠요.

애순   네, 고객님. 이사 가시는 곳 주소 한번 확인해주시겠
         어요?

고객2   창신동 25번지예요. 언제 오시는지 시간만 빨리 알
         려주세요.

애순   네, 잠시 확인해보겠습니다. (전화 보류 상태로 걸고)

빨리빨리병에 걸렸나. 되게 보채네. (보류 상태를 풀고) 고객님, 기다려주셔서 감사합니다.

고객2 언제 와요?

애순 아버님께서 이사 날짜를 오늘로 신청하셨네요. 기사분이 오늘 저녁에 방문하시는 걸로 접수가 돼 있습니다.

고객2 그래요? 아버지가 전화 안 된다고 하도 보채셔서…….

애순 그러셨어요? 오늘 저녁에도 설치가 살 안 될 경우에는 다시 전화 주시겠어요?

고객2 감사합니다.

애순 다른 문의사항은 없으십니까?

고객2 네.

애순 좋은 하루 되세요. 상담원 장애순이었습니다. 감사합니다.

윤희 죄송합니다. 창구에서 잘못 안내가 된 것 같습니다.

고객3 아니, 그럼 여태까지 내가 엉뚱한 요금을 냈단 말이에요?

윤희 불편을 드려 정말 죄송합니다. 저희가 과오납된 요금은 다음 달 요금에서 정확히 제해드리도록 하겠습니다.

전화벨이 울린다

고객3	아니, 그게 문제가 아니잖아요.
윤희	그럼…… 어떻게 하면 좋으세요?
고객3	좋으세요? 내가, 지금 나 좋자고 이러는 거예요?
윤희	아니 고객님, 그게 아니고요.
고객3	그동안 다 이런 식으로 돈 빼간 거 아니에요? 이거 방송국에 제보해야겠네.
윤희	죄송합니다, 고객님. 분명히 다음 달 요금에서 제해 드리고요…….
고객3	됐어요. 상담원 이름 뭐라고 했죠?
윤희	네?
고객3	이름 뭐냐고요. 방송국에 제보하려면 정확한 내용이 있어야지.
윤희	김…… 윤희입니다…….
고객3	김윤희 씨. 알겠어요.
윤희	네……. 그럼 다른 문의사항은…….

고객3, 전화를 끊는다.

윤희, 한숨을 쉰다.

미영	고객님. 고객님께서 직접 신청하신 걸로 확인됩니다.

고객4   내가 한 적이 없다니까요. 미치겠네.

미영   정말로 가입신청 전화를 받으신 적이 없으세요?

고객4   한 적이 없다니까요. 그냥 해지해줘요.

미영   지금 해지하시면 3년 약정에 대한 위약금이 있으신데요.

고객4   내가 만만하죠?

미영   아닙니다, 고객님.

고객4   사장실 연결해.

미영   네?

고객4   사장실 연결하라고!

미영, 팀장과 센터장의 눈치를 본다.

미영   고객님. 제가 다시 한 번 확인해보고…….

고객4   지금 나랑 장난해요? 5분 동안 계속 똑같은 얘기 하고 있죠. 내가 가입한 적이 없다고.

미영   불편 드려 진심으로 죄송합니다. 처리해드리도록 하겠습니다.

고객4   아니, 사람이 진심으로 말할 때 안 듣고 화를 내게 만들어요?

미영   죄송합니다.

전화벨이 울린다

고객4   나, 이유 없이 화내고 함부로 말하고 그런 사람 아니에요.

미영   네. 죄송합니다.

고객4   앞으론 사람이 좋게 얘기할 때 들으세요.

미영   네. 죄송합니다. 다른 문의사항은 없으십니까?

고객4   그리고 이거 개인정보 어디서…….

통화가 계속 이어진다.

지은   사랑합니다, 고객님. 상담원 이지은입니다. 무엇을 도와드릴까요?

고객5   좋은 말이네요.

지은   고객님, 죄송하지만 다시 한 번 말씀해주시겠습니까?

고객5   사랑한다는 말, 그거 참 좋은 말이에요.

지은   네. 감사합니다, 고객님. 혹시 어떤 문의 때문에 전화 주셨습니까?

고객5   나랑 한번 해요.

지은   고객님, 죄송합니다만 저희는 고객센터입니다. 상품에 대한 상담이 필요하시면 도와드릴 수 있지만, 개인적인 부분은 도와드리기가 어려울 것 같습니다.

고객5　　　나 당신네 회사 고객이야. 너 돈 주는 사람. 돈 받으면서 그 정도도 못 해?

지은　　　고객님. 상품에 대한 상담을 도와드리겠습니다.

고객5　　　그럼 인터넷 속도가 느려진 거 같은데 이거 점검 좀 해줘요.

지은　　　인터넷 속도 점검을 받으신다는 말씀이시죠? 접수하기 전에 몇 가지 정보 여쭤봐도 되겠습니까?

고객5　　　지은 씨가 직접 와서 확인해주면 좋겠는데? 내가 지금 좀 급하거든. (신음을 낸다.)

지은　　　고객님. 상품에 대한 문의가 아니면 죄송하지만 전화 먼저 끊도록 하겠습니다.

고객5　　　야! 이지은! 전화 끊기만 해봐. 내가 끝까지 쫓아간다.

지은　　　좋은 하루 되세요. 상담원 이지은이었습니다. 감사합니다. (아무렇지 않은 듯 바로 다른 전화를 받는다.) 사랑합니다, 고객님.

콜 달성률이 계속 떨어지는 모습이 모니터에 나타난다.

센터장은 이 팀 저 팀 옮겨 다니며 지시를 내린다.

수진　　　사랑합니다, 고객님. 상담원 김수진입니다. 무엇을

전화벨이 울린다

도와드릴까요?

고객6   아, 수고 많으십니다.

수진   네, 감사합니다. 무엇을 도와드릴까요?

고객6   아직 인터넷 개통이 안 되고 있네요?

수진   그러세요? 불편 드려 정말 죄송합니다. 정확한 확인
을 위해 몇 가지 정보 여쭙겠습니다. 가입자분 성함
이 어떻게 되십니까?

고객6   예, 제가 본인입니다.

수진   네, 고객님. 그렇지만 가입자분 성함을 말씀해주셔
야 확인이 가능합니다. 성함 말씀해주시겠어요?

고객6   하하. 왜 이러세요? 빨리 접수하세요.

수진   고객님, 죄송하지만 저희가 고객 정보를 여쭤봐
야…….

고객6   거기 내 정보 다 뜨는 거 알고 있어요.

수진   저희가 개인정보를 확인할 수는 없습니다.

고객6   하하. 이 미친년아, 빨리 접수나 해.

수진   (사이) 고객님, 정보를…….

고객6   며칠 동안 니네 때문에 주식도 못 하고 있는데 손해
보면 책임질 거야?

수진   아니, 그게 아니고요. 말씀을 해주셔야…….

고객6   내가 내 돈 내고 이런 대접 받아야겠냐? 빨리 접수

안 해?

수진   아…… 진짜…….

고객6   진짜? 진짜 뭐? 진짜 뭐!

수진   안 해주겠다는 게 아니잖아요. 성함 말씀하시라고요.

고객6   와, 이거 진짜 웃긴 년이네.

수진   빨리 접수해달라면서요. 그러니까 성함 말씀하세요.

고객6   야, 팀장 바꿔.

수진   네?

고객6   팀장 바꾸라고!

수진   …….

고객6   팀장 바꿔. 팀장 바꿔. 팀장 바꿔.

수진   잠시만 기다려주십시오.

수진, 조용히 일어서서 혜정을 바라본다.

수진의 목소리가 높아지는 것을 보고 있던 혜정이 다가가 전화를 대신 받는다.

수진은 옆에 서서 바라본다.

혜정   전화 바꿨습니다. 고객님, 불편 드려 정말 죄송합니다. 빠른 접수를 원하신다는 말씀이시죠?

고객6   팀장이에요?

혜정	네. 팀장 오혜정입니다. 고객님 주소 먼저 확인해주시면 저희가 빠르게 처리해드리도록 하겠습니다.
고객6	네. 여기는 테헤란로 중앙오피스텔 1004호입니다.
혜정	네. 불편 드려 정말 죄송합니다. 두 시간 내에 설치 기사 방문할 수 있도록 처리해드리겠습니다.
고객6	역시 팀장님이라 말씀이 통하시네. 저도 사업체 운영해봐서 다 압니다. 계약직들 데리고 일하기 힘드시죠. 아, 팀장님은 정규직 맞죠?
혜정	불편 드려 진심으로 죄송합니다. 혹시 다른 문의사항 있으신가요?
고객6	아뇨. 고생 많으십니다.
혜정	좋은 하루 되십시오. 전 상담원 오혜정이었습니다. 감사합니다.

혜정, 전화를 끊는다.

수진	죄송합니다.
혜정	불편접수 한두 번이야? 뭘 그렇게 매번 싸우니?
수진	죄송합니다.
혜정	오늘 다들 힘든 전화 받고 있어. 너만 그런 거 아니라고.

수진   네.

혜정   설치팀에 내가 연락할 거니까 전화 이어서 받아.

수진   네.

혜정, 자신의 자리로 간다.

수진, 앉아서 헤드셋을 쓰고 전화 받는 버튼을 누르려다가 멈춘다.

다시 헤드셋을 벗는다.

다른 사람들을 바라본다.

다들 웃으며 전화를 받고 있다.

수진, 그 모습을 본다.

전화벨이 울린다

5장

고시원 옥상.

민규가 〈오이디푸스〉의 한 대목을 연기하고 있다.

수진은 대본을 들고 있다.

민규　　　그대는 점을 치는 새가 주는 징표이든 무엇이든 그
　　　　　대의 모든 예언술을 사용하여 우리를 구하고, 나를
　　　　　구하고, 나라를 구하고, 그대 자신을 구하시오. 피
　　　　　흘림으로 더럽혀진 우리를 깨끗이 하여 재앙을 물
　　　　　리쳐주시오. 그대는 우리의 유일한 희망이오. 어려
　　　　　움에 처한 사람을 돕는 것보다 더 고귀한 일이 어디
　　　　　있겠소.

수진　　　아아, 진실이 아무 쓸모가 없을 때, 진실을 안다는
　　　　　것은 얼마나 무서운 일이냐! 어쩌자고 내가 그것을
　　　　　알면서도 잊었단 말인가! 차라리 오지 말았을 것을.

민규　　　아니 도대체 무슨 소리요?

수진　　　집으로 돌려보내주오. 그대는 그대의 운명을 짊어
　　　　　지시오. 나는 내 운명을 짊어지리라.

민규   잠깐만요. 지금 좀 딱딱해요. 그냥 읽으시는데요. 오
                이디푸스랑 테레시아스가 논쟁하는 장면이니까 제
                가 강하게 말하면 강하게 반응을 해볼까요? (장면으
                로 들어가서) 아니 도대체 무슨 소리요?

민규는 다시 강하게 연기를 이끌어내려 하지만, 수진은 잘 따라가지 못
한다.

수진   (여전히 읽으며) 집으로 돌려보내주오. 그대는 그대
                의 운명을 짊어지시오. 나는 내 운명을 짊어지리다.
민규   (애원하며) 아니 도대체 무슨 소리요?
수진   집으로 돌려보내주오. 그대는 그대의 운명을 짊어
                지시오. 나는…….
민규   (더 강하게) 아니 도대체 무슨 소리요?
수진   (강하게 따라하며) 아니 도대체 무슨 소리요?

사이

민규   무슨 일 하세요?
수진   회사 다녀요.
민규   연기는 왜 배우는데요?

전화벨이 울린다

수진	일하는 데 도움이 될까 해서요.
민규	회사에서 연기가 도움이 돼요?
수진	회사생활도 그렇고…… 세상 살면서 버티는 데 도움이 될 것 같아서요.
민규	그렇다고 연기까지 배워요?
수진	저도 나름대로 노력해요. 근데 나만 세상 사는 요령이 없는 건지, 아니면 내가 정말 열심히 안 해서 그런 건지…….

사이

민규	제일 필요한 게 뭔데요?
수진	어떻게 하면 잘 참아요?
민규	글쎄요. 연기는 잘 참는 법이라기보다는 잘 표현하는 법에 가까운데……. 표현하고 싶은 거 없어요?
수진	그런 건 없어요. 그냥 감정을 마음대로 바꾸고 싶어요.
민규	감정이라는 게 어떤 상황인지가 있어야…….
수진	그냥 잘 웃고 싶어요. 웃고 싶지 않을 때도 웃을 수 있으면 좋겠어요. 그때 어떻게 하신 거예요?
민규	아…… 그때. 오이디푸스를 한번 얘기해볼까요?

수진	이상해요.
민규	뭐가 이상한데요?
수진	너무 극단적이에요.
민규	왜 그렇게 생각하죠?
수진	자기 아빠 죽이고, 친엄마랑 결혼해 자식까지 낳고, 눈 찌르고. 그냥 완전 막장 드라마잖아요.
민규	막장이오? 그럼 사람 사는 게 다 막장입니까? 현실에선 더 엄청난 일들이 많은데?
수신	뭘 그렇게 흥분해요? 자기 얘기도 아닌데?
민규	내가 오이디푸스를 연기하고 있는데요? 내가 오이디푸스가 되고 오이디푸스가 내가 되는 거예요.
수진	주인공이에요?
민규	오디션 준비하는 중이에요. 진짜 자기가 누군지 다 알고 난 오이디푸스가 어땠을 거 같아요?
수진	제가 그걸 알아야 돼요?

사이

민규	연기까지 배워야 할 정도예요?
수진	연기는 안 배워도 돼요. 그런 척할 수만 있으면 돼요.
민규	(연기에 집중하며) 내가 그 사람이라면 어떨까? 그 사

전화벨이 울린다

람은 왜 그런 선택을 할 수밖에 없었을까? 나라면
어떻게 할까? 계속 질문을 던지는 거죠. 그러면서
점점 나랑 인물 간의 접점을 찾아보는 거예요. 연기
라는 건 내가 맡은 인물을 이해하는 과정이에요.

수진　　이해요? 그게 돼요?

민규　　상상을 한번 해볼래요? 만약에 내 비밀이 다른 사람
　　　　들한테 다 공개됐다고 생각해봐요. 어떨 거 같아요?

수진　　어떤 비밀이오?

민규　　사람들이 몰랐으면 하는 내 모습. 그런데 사람들 앞
　　　　에서 다 밝혀진 거예요. 어떨까요?

수진　　도망치고 싶을 거 같아요.

민규　　그런데 도망칠 수 없는 상황이라면요? 인물이 놓인
　　　　상황 속에 이유가 있어요. 그 상황에서 어떤 행동을
　　　　하는지가 그 인물이 어떤 사람인지를 보여주는 거
　　　　예요. 수진 씨가 오이디푸스 같은 상황이라면 자기
　　　　눈을 찌를 수 있을 것 같아요? (소품용 칼을 준다.) 수
　　　　진 씨가 오이디푸스라면?

수진, 얼떨결에 칼을 받는다.

민규　　눈을 딱 감고 회피할 수도 있잖아요? "나는 듣기 직

전에 서 있고, 반드시 들어야만 한다." 운명을 피하지 않고 질문 앞에 마주 선 거예요. 나는 누구인가? 자기가 누군지 보지 못한 자기 육신의 눈을 스스로 찌르고 자기 추방의 길을 선택하죠. 수진 씨라면 오이디푸스 같은 선택을 할 수 있겠어요?

수진   그러니까 왜 고집을 부려서 자기 눈을 찌르느냔 말이에요.

민규   "나는 내 자신을 행운의 신의 아들이며 좋은 일을 만느는 사람으로 여기고 있으니까 치욕스러운 일은 일어나지 않을 것이오. 물론 지금까지 살아오면서 어려울 때도 즐거울 때도 있었소. 하지만 내가 어떻게 태어났건 내 자신은 변치 않을 것이니 내 출생을 밝히는 데 주저할 이유가 없소." 이런 오이디푸스가 진실을 깨달았을 때 고통은 극에 달하는 거예요. 눈을 뜨고 보고 있었으면서도 보지 못한 자신을 찌를 수밖에 없는 선택을 하는 거죠. "모든 예언이 이루어졌고 모든 것이 밝혀졌도다. 오! 빛이여, 내가 너를 보는 것도 지금이 마지막이 되게 해다오. 나야말로 저주 속에 태어나서 결혼해서는 안 될 사람과 결혼하고, 죽여서는 안 될 사람을 죽였구나."

민규의 연기를 보면서 뭔가를 느낀 듯한 수진, 칼을 자신의 눈에 천천히 겨눠본다.

수진   이제 너희는 내가 겪고 저지른 끔찍한 일들을 다시는 보지 못하리라. 너희는 보아서는 안 될 사람들을 충분히 오랫동안 보았으면서도 내가 알고자 했던 사람들을 알아보지 못했으니 앞으로는 영원히 어둠 속에 있을 지어다.

6장

콜센터 휴게실.

회사 정문 앞에서 김준영이 1인 시위를 하고 있다.

수진은 혼자 대사 연습을 하고 있다.

지은이 들어와서 그 모습을 본다.

수진   언니, 고마워요.

지은   뭐가?

수진   (웃으며) 그냥요.

사람들, 들어온다.

미영   아, 또 교육이야.

애순   오늘 아침엔 무슨 일이야? 정신없이 올라오느라 제대로 못 봤어.

윤희   아, 3팀 김준영 씨요?

애순   응.

미영   구조조정 한다고. 근데 아직 확실한 것도 아닌데 아

전화벨이 울린다

침부터 분위기 이상하게 회사 앞에서 데모를 하냐?

윤희 그럼 어떻게 되는 거예요?

애순 지난번에 팀장이 얼핏 지나가는 얘기로 했던 거 같기도 하고. 근데 그거 본사 정규직들한테 해당되는 얘기 아닌가? 준영 씨는 자기가 왜 데모를 해?

미영 세상에 그렇게 오지랖 넓은 사람들이 많아. 잘됐다. 그동안 정규직들 우리 엄청 무시하더니 다 잘리면 좋겠다.

애순 그건 아니지. 다들 가정 있는 사람들일 텐데 갑자기 잘리면 어디 가라고?

미영 또 이해의 여왕 나오셨네. 언니, 우리가 지금 그 사람들 걱정할 때예요?

지은 우리도 해당된대.

미영 뭐? 우리가 뭐가 해당돼? 아니 왜 해당돼?

지은 나도 자세한 건 몰라. 그런데 본사 정규직들 정리하기 전에 콜센터도 정리한다고 들었어.

애순 아니, 지금도 전화가 많은데 사람을 자르면 어떡하라는 거야?

지은 다 자르는 건 아닌 거 같고, 성과 안 좋은 사람들 정리하고 새로 뽑는 거 같아요.

수진 우리도 위험한 거예요?

지은   우리가 위험할지, 누가 위험할지는 모르는 거지. 팀장도 바뀐대.

미영   팀장을? 왜? 팀장부터 바꾸는 거야?

지은   팀장 임신했대.

미영   근데 그게 뭐?

지은   팀장은 더 하고 쉬려고 했던 거 같은데, 센터장님이 이 기회에 바꾸려는 거 같더라고. 우리 팀 점수도 안 좋으니까.

미영   이미, 무섭디.

윤희   그럼 언니가 팀장 되시는 거예요?

지은   하라고는 하시는데 안 한다고 했어.

수진   왜요?

지은   난 그냥 전화만 받아도 팀장하고 월급 똑같이 받는데 뭐 하러 그런 걸 해?

미영   정말 대단하다. 남들은 전화 받기 싫어서 난린데. 역시 남다르셔.

윤희   언니가 안 하면 누가 해요?

지은   글쎄. 난 모르지. 나 빼고 우리 팀에서 할 사람이 누군지.

모두 서로를 바라본다.

전화벨이 울린다

애순   다른 팀에서 데려오는 경우도 있지 않나?

미영   그건 말도 안 되죠.

지은   말이 안 될 건 없지. 센터 전체에서 점수나 뭐 여러

       가지 따지는 거니까.

수진   여러 가지요?

윤희   사람 관리, 뭐 그런 거요?

지은   점수만 높다고 팀장 되는 건 아니니까.

윤희   그런데 우리 정말 구조조정 되는 거예요?

미영   너 자꾸 이상한 소리 할래? 콜센터 자르면 회사 난

       리날걸? 그 많은 전화를 누가 다 받아?

사람들의 의견이 분분한 가운데 센터장과 혜정이 들어온다.

센터장   오늘 서비스 교육이죠? 오 팀장, 녹음 한번 틀어봐

        요.

혜정이 녹음 파일을 튼다. 며칠 전 수진이 고객에게 욕했던 파일이다.

센터장   팀장이 사람이 좋아서 그런지 팀원들 관리가 소홀

        하네요. 나한테는 보고도 안 올라와서 이제야 알고

너무나 깜짝 놀랐어요. 이건 서비스의 기본 중의 기본도 안 된 겁니다. 김수진 씨?

수진   네…….

센터장   어떻게 이럴 수가 있죠? 그동안 이런 식으로 상담했나요?

수진   아닙니다. 그때 한 번…….

센터장   딱 한 번이었는데 제가 들었네요. 그렇죠?

수진   …….

센터장   이 고객은 우리에게 딱 한 번 전화를 했다가 봉변을 당했을 수도 있습니다. 그런데 그 한 번의 전화로 김수진 씨가 우리 회사의 이미지를 욕하는 회사로 만들었습니다. 그렇죠?

수진   죄송합니다.

센터장   나한테 죄송할 문제가 아니죠. 잘못을 한 거죠. 아주 크게.

수진   정말 잘못했습니다.

센터장   직접 롤플레잉 해보죠. 김수진 씨, 전화 받아보세요.

혜정이 수진에게 롤플레잉 대본을 준다.

혜정   지은 씨가 고객 역할을…….

전화벨이 울린다

센터장	오 팀장이 고객 역할을 맡으세요. 상황 설명할게요. 이 고객은 요금이 많이 부과되어 컴플레인을 하는 고객이었습니다. 제대로 받았으면 어떻게 했을지 보겠습니다.
수진	사랑합니다, 고객님. 상담원 김수진입니다. 무엇을 도와드릴까요?
혜정	네. 전화요금이 많이 나와서 전화했습니다.
수진	네, 고객님. 불편 드려 정말 죄송합니다. 요금 확인 전에 몇 가지 정보 여쭤봐도 될까요?
혜정	네.
센터장	스크립트를 그대로 읽지 말고 실제로 전화 받는 것처럼 해볼까요?
혜정	네, 알겠습니다.
수진	고객님, 가입자분 성함이 어떻게 되십니까?
혜정	오혜정입니다. 빨리 확인해주세요.
수진	네, 오혜정 고객님. 이번 달 요금이 15만 원인데요. 구체적인 내역을 확인해드릴까요?
혜정	네.
센터장	(연기를 지적하듯) 오 팀장. 고객님 화 많이 났습니다.
혜정	다시 하겠습니다. (사이) 평소에는 4-5만 원 나오던 요금이 어떻게 이렇게 많이 나올 수가 있죠? 그쪽에

서 잘못 부과한 거 아니에요?

수진 　고객님. 제가 확인을 해본 결과, 이번 달에는 별도의
소액 결제가 있는데요. 혹시 전화요금으로 상품 결
제를 하신 적은 없으신가요?

혜정 　네, 없어요.

센터장 　정말 침착한 고객이네요.

수진 　가족분늘에게 결제하신 적이 없는지 확인해보시면
내역이 확인될 것 같은데요. 혹시 확인해보셨나요?

혜성 　없나고요.

수진 　아니면 결제한 업체 연락처를 알려드릴까요?

혜정 　없다는데 왜 이래요?

센터장 　실전처럼 하라고요. 전화 처음 받아봐요?

혜정 　니네가 부과해놓고 왜 나보고 확인하라는 거야? 누
가 결제했는지 확인하고 요금 정상적으로 돌려놔.

혜정은 화내는 고객을 연기해보지만, 어딘가 어색하다.

그 모습을 지켜보던 팀원들이 혜정과 수진에게 조언하는 등 분위기가
산만해진다.

센터장 　오 팀장. 교육시간이 장난입니까? 업무 연장이에요.
여러분 월급에 포함되어 있는 시간이라고요.

전화벨이 울린다

센터장의 지적이 계속되자 혜정은 진상 고객처럼 소리를 지르기 시작한다. 센터장의 요구에서 시작된 분노는 어느 순간 진심으로 변한다.

혜정   (진상 고객으로 변하며) 내 말이 말 같지가 않아? 어디
             사람 같지도 않은 게 거기 앉아서 따박따박 말대꾸
             야? 너희 부모는 너 낳고 미역국은 먹었니? 니 부모
             도 너랑 똑같은 년놈들이지?

모두 놀라서 혜정을 바라본다.
센터장도 잠시 놀랐다가 이내 교육을 이어나간다.

센터장   수진 씨, 응답 안 해요? 이럴 때 어떻게 하죠? 사과
             해야죠.
수진   네…… 고객님. 그럼 제가 확인하고 다시 연락을 드
             려도 되겠습니까?
혜정   ……확인하고 연락 줘요.
수진   네, 고객님. 확인 후 전화 드리도록 하겠습니다. 다
             른 문의사항은 없으십니까?
혜정   네.
수진   네. 좋은 하루 되세요. 상담원 김수진이었습니다. 감

사합니다.

사이

| 센터장 | 네. 잘 들었습니다. 그럼 한 명씩 돌아가면서 김수진 씨 상담이 어땠는지, 뭐가 문제인지 말해보세요. 미영 씨? 미영 씨부터 말해보세요. |

미영 　 네? (사이) 처음부터 목소리가 낮았던 것 같습니다.

센터장 네. 좋은 지적이에요. 밝은 음성으로 고객을 대한다면 고객분들이 화가 났어도 우리와의 대화 속에서 기분이 나아질 수 있겠죠. 다음? 장애순 씨?

애순 　 ……사과를 하는데, 진심이 잘 안 느껴진 것 같습니다.

센터장 그렇죠. 고객은 화가 나서 전화를 했어요. 그런데 진심 없는 사과로 고객의 마음을 풀어줄 수 있을까요? 좋습니다. 다음?

윤희 　 전…… 잘 모르겠습니다…….

센터장 신입 교육부터 다시 받아야겠네요. 다시 말해보세요.

윤희 　 죄송합니다. 제가 이해가 잘 안 가서요…….

센터장 지은 씨?

지은 　 고객이 화가 나 있는 상황에서는 상담을 빨리 이어가는 것보다 고객의 마음을 이해하는 말을 먼저 하는 것이 좋은 상담이라고 생각합니다.

센터장   여러분, 아주 간단합니다. 스스로 고객의 입장이 되세요! 고객이 내 눈 앞에 있다고 생각하고 대화를 해야죠. 밝고 한결같은 감정과 웃음으로! 본인은 해보니까 어떤 점이 잘못됐나요?

수진   …….

센터장   김수진 씨.

수진   다들 말씀하신대로…… 목소리도 낮고…… 사과가 진심처럼 느껴지지 않아서 고객 입장에서 불쾌했을 것 같습니다.

센터장   이렇게 서로의 단점을 지적할 수 있어야 합니다. 오팀장, 교육은 이렇게 진행돼야 합니다. 서로가 서로를 객관적으로 바라보고, 진실한 충고를 해줘야 발전이 생기지 않겠습니까? 김수진 씨, 오늘 특별 서비스 교육 받았으니까 기대해도 되죠?

수진   네. 노력하겠습니다.

센터장   좋습니다. 그럼 2팀의 활약을 기대하면서 교육 마치겠습니다. 여러분, 사랑합니다.

모두 박수.

7장

고시원 옥상.

연기 연습을 하는 민규에게 수진이 찾아온다.

수진   환불해줘요.

민규   아니, 도대체 무슨 말이에요?

수진   환불해달라고요.

민규   이제 조금씩 인물을 이해하면서 접근하고 있는 데…….

수진   이해? 그런 거 다 필요 없어요.

민규   그럼 뭐가 필요한데요?

수진   그냥 웃을 수 있게만 해줘요. 내가 싫든 좋든 사람들한테 밝게 보이고…… 아니 들리고, 잘 웃고 상대방 기분을 좋게 만들게 해줘요. 난 기분이 안 좋은데 상대방은 내가 기분이 좋은 줄 알았으면 좋겠어요. 상대방이 나한테 화를 내도 기분이 안 나쁘고요.

민규   그걸 어떻게 해요?

수진   연기를 배우면 된다면서요. 안 기뻐도 웃을 수 있다

전화벨이 울린다

고 했잖아요.

민규   그건 그렇게 표현한 거죠. 어떻게 보이느냐…….

수진   그걸 가르쳐주세요. 내 감정과 다르게 표현하는 거.

민규   그건 연기잖아요.

수진   내가 필요하다고요. 내가 내 돈 내고 연기 수업 받는
        거잖아요.

사이

민규   웃어봐요.

수진   웃는 법을 가르쳐달라고요.

민규   웃는 얼굴을 해보라고요.

수진   안 된다고요.

민규   없는 돈까지 내면서 나한테 배우는 거잖아요. 앞에
        거울이 있다고 생각하고 그냥 입꼬리라도 올려봐요.

민규, 거울이 있는 것처럼 수진에게 손바닥을 들이민다.

수진, 시선을 피한다.

수진   내 얼굴이 아닌 거 같아요.

사이

수진   회사에서도 웃는 연습을 해요. 거울 보면서. 그런데
        거울로 웃는 내 얼굴을 보고 있으면 어떨 땐 무서워
        요.

민규, 수진을 바라보다가 안대를 건넨다.

민규   생각, 감정 다 지우고 몸을 먼저 움직이는 거예요.
        입꼬리 먼저 올려봅시다.

수진, 안대를 쓰고 입꼬리를 올린다.

민규   자, 지금 느껴지는 감각을 기억해요. 이번엔 원래대
        로 해보세요.

수진, 입꼬리를 내린다.

민규   어때요? 차이가 느껴져요?
수진   잘 모르겠어요.
민규   무슨 일 하는지 물어봐도 돼요?

전화벨이 울린다

수진	콜센터 다녀요.
민규	그럼 소리가 중요한 거죠?
수진	네.
민규	그 상태에서 소리를 만들어보는 거예요. 들리는 게 중요하니까. "콜센터 다녀요."를 입꼬리 올리고 말해보세요.
수진	(입꼬리를 올리고) 콜센터 다녀요.
민규	소리가 약간 달라졌거든요. 느껴져요?
수진	(입꼬리를 올렸다 내렸다 반복하면서) 잘 모르겠어요.
민규	그럼 이번에는 "콜센터 다녀요." 앞에 한번 소리 내서 웃어보세요.
수진	(웃음소리를 내고는) 콜센터 다녀요.
민규	웃음이 말에도 살짝 묻어가거든요…….
수진	(안대를 벗으며) 이게 정말 도움이 돼요?
민규	지금 원래 얼굴로 다시 돌아왔어요. 앞으로는 평소에도 웃는 표정을 얼굴 위에 쓴다고 생각해요. 다시 해보세요. 웃는 표정을 쓰고.

수진은 다시 안대를 쓰고 반복한다.

| 민규 | 벌써 대사 톤이 달라지잖아요. 감정이나 생각까지 |

	고민하지 말고 전달하는 것만 계속해보는 거예요.
	알았죠?
수진	네.
민규	내가 대사를 쳐볼게요. 그쪽은 웃는 얼굴로 해보세
	요. (고통스러운 소리로) 나는 듣기 직전에 서 있고, 반
	드시 들어야만 한다.
수진	(웃음을 섞어가며) 나는 듣기 직전에 서 있고, 반드시
	들어야만 한다.

두 사람, 같은 대사를 몇 번 반복한다.

수진의 웃음소리와 민규의 울음소리가 교차된다.

민규	어때요?
수진	안 보니까 좀 편해졌어요.
민규	앞으로도 이런 식이면 곤란해요. 나도 오디션이 얼
	마 안 남아서 집중 연습이 필요해요.
수진	죄송해요. 연습하시는 거, 저도 좀 보면 안 될까요?
민규	반복 연습이 중요해요. 웃는 연습을 하면서 보세요.
	수진 씨 얼굴이 될 때까지.

민규는 안대를 쓰고 마지막 대사를 연습한다.

전화벨이 울린다

수진은 한쪽에 앉아 웃는 얼굴을 지었다가 평소 얼굴로 돌아온다. 그리고 다시 웃는 얼굴을 지어본다.

수진   (표정을 반복하며) 배우들은 참 좋겠어요.

민규   뭐가요?

수진   자기가 원할 때 다른 얼굴이 되는 거잖아요.

민규   다른 사람들한테도 그렇게 보이면 좋겠네요.

수진   누구요?

민규   오디션 볼 때는 심사위원이고, 공연할 때는 관객이죠. 나는 그렇게 한다고 해도 남들은 그렇게 생각 안할 수도 있으니까요.

수진   저한테 말씀하신대로 하면 되잖아요.

민규, 안대를 벗고 평상에 앉는다. 잠시 뭔가를 생각하는 듯하더니 수진을 바라본다.
수진, 웃는 연습을 끊임없이 반복하며 말한다.

민규   그렇게 힘들면 다른 일을 찾아보는 게 낫지 않아요? 꿈이 있을 거 아니에요.

수진   다 거기서 거기예요.

민규   그래도 연기까지 배우면서 해야 되는 일은 아니잖아요.

수진   그만두면 어떻게 먹고살아요?

민규   …….

수진   고등학교 졸업하고 서울 올라와서 사무실 일 찾아
보니까 할 수 있는 게 별로 없더라고요. 그나마 전화
받는 일은 여자들을 많이 뽑고, 학력이나 경력을 많
이 안 따시니까. 우리 엄마 아빠 공장에서 일하다 만
나서 결혼했어요. 옛날에는 다 그렇게 돈 벌었다고
해도 엄마는 공돌이, 공순이 얘기 듣는 게 너무 싫었
대요. "넌 꼭 사무실에서 일해야 된다. 이젠 세상이
바뀌었다." 그 얘기를 입에 달고 사셨어요. 그런데
똑같더라고요. 콜순이로 시작하니까 다른 데로 옮
겨도 콜순이에요. 공순이 엄마랑 다르게 살려고 했
는데……. 어때요? 이제 정말 달라졌죠?

사이

민규   달라질 거예요.

수진   진짜요?

민규   진실보다 믿음이 중요할 때도 있잖아요.

전화벨이 울린다

민규, 눈을 감고 대사를 읊조린다.

수진, 연습을 반복하는 동안 점차 웃는 소리로 바뀐다.

8장

점심시간, 콜센터 휴게실.

센터장   김수진 씨 상담이 아주 좋아졌어요. 고객들 만족도도 높아졌습니다. 자, 나날이 발전하는 김수진 씨에게 박수!

센터장이 수진에게 인센티브 봉투를 건넨다.
모두 박수.

센터장   오늘은 '비빔밥 데이'죠. 이 비빔밥처럼 우리 모두 하나가 되어 아름답게 어우러지면 좋겠네요. 요즘 우리 2팀 성적 아주 좋습니다. 더욱 새로운 2팀을 기대하면서, 황미영 씨 앞으로 나오세요.

미영, 사람들을 의식하며 센터장 쪽으로 간다.

센터장   그동안 2팀을 이끌어왔던 오혜정 팀장이 임신을 한 관계로, 새로운 팀장을 뽑게 됐습니다. 앞으로는 황

전화벨이 울린다

	미영 씨가 2팀 팀장입니다. (미영에게) 인사하세요.
미영	네. 감사합니다. 앞으로 잘 부탁드립니다.

사람들, 어색한 박수.

센터장	그동안 오혜정 팀장이 많은 수고를 했는데, 임신만큼 기쁘고 조심해야 하는 일이 어디 있습니까? 그래서 회사에서 오혜정 씨의 건강을 위해서 새로운 팀장을 뽑게 된 거니까 다들 황미영 팀장의 말에 따라 새로운 2팀을 만들어가도록 노력합시다.
모두	네…….
센터장	그동안 수고한 오혜정 씨에게도 박수 주세요.

모두 박수.

센터장	네. 그럼 식사 맛있게 하시고 오후 상담도 즐겁게 합시다.

센터장, 나간다.

미영이 배식을 한다.

미영 제가 나눠드릴게요. 이쪽으로 오세요.

애순 언제 결정됐어? 왜 우리한테 말 안 했어?

미영 그냥 갑자기 그렇게 됐어요.

수진 언니, 좀 당황스럽다. 얘기나 해주지.

미영 금방 알게 될 일이었는데 뭘……. 밥이나 맛있게 먹
      자.

윤희 미영 언니…… 축하드려요.

미영 그래, 고맙다. 호호. 지은 씨도 이리 와. 비빔밥 데이
      는 길이해야지.

지은 난 그냥 샌드위치 먹을게요. 아까 해결 안 된 전화가
      있어서 그것도 지금 처리해야 돼요.

윤희 점심시간에도 일하세요?

지은 전화 받을 때 작업한다고 후처리 버튼 길게 잡아봤
      자 금방 빨간불 들어오잖아. 그런 게 다 점수 깎아먹
      는 거야. 맛있게 드세요.

미영 지은 씨. 무슨 일 있는 거 아니지?

지은 무슨 일?

미영 아니, 아까부터 자꾸 자기 찾는 전화가 오길래. 힘든
      일 있으면 이제 나한테 말해.

지은 그런 전화가 한두 통이야? 난 내가 알아서 해.

지은, 나간다.

미영   혜정 씨도 이리 와요.

혜정   난 됐어요. 입덧이 시작되는지 속이 좀 안 좋네. 자리에 가서 좀 쉴게요. 맛있게들 드세요.

혜정, 나간다.

미영이 자신의 밥을 떠서 자리에 앉는다.

이전보다 훨씬 많이 웃으며 말한다.

미영   맛있게 드세요.

애순   너 갑자기 다르게 보인다.

미영   언니, 왜 그래요…….

애순   언제부터 나한테 존댓말 썼다고 '요'자 붙이니?

미영   에이. 팀장 아닐 때랑 같나요?

수진   그럼 달라?

미영   이제 내가 부르고 해야 할 때도 많을 텐데 "언니!" "야!" 뭐 이럴 수 없잖아. 니네한테도 호칭 바꿔야겠다.

윤희   언니, 저한테는 그냥 편하게 말씀하셔도 돼요.

미영   아니에요, 김윤희 씨.

애순   야, 그만해. 속 어지럽다. 우리 밥은 편하게 먹자.

미영   알았어요.

수진   그럼 구조조정 얘기도 들었겠네.

미영   이제 팀장 된 건데 어떻게 다 알아. 근데 수진이 너
      진짜 목소리 많이 밝아졌더라. 목소리에 웃음도 많
      아지고. 훨씬 듣기 좋아.

수진   나 무니터링 했어?

미영   오전에 연습 겸. 좋은 일인데 같이 공유를 해야 너도
      피드백 되고 좋잖아. 앞으로도 내가 잘 듣고 얘기해
      줄 테니까, 언니가 조언한다 생각하고 편하게 들어.

애순   넌 이제 밥 따로 먹어야지, 센터장이랑.

미영   아니에요. 우리가 밥 먹고 쉴 때 빼고 언제 얘기할
      시간이 있나요? 전 늘 그랬던 것처럼 여러분하고 같
      이 밥 먹으려고요. 같이 밥을 먹으면서 이렇게 얘기
      도 나눠야 그게 사람 사는 거죠. 전 혜정 씨랑은 다
      른 팀장이 될 거예요. 그러니까 얘기 좀 많이 해주세
      요. 윤희 씨, 알겠죠?

윤희   아…… 네…….

미영의 웃음과 달리 다들 조용히 밥을 먹는다.

9장

비가 내린다.

회사 앞에는 준영이 구조조정에 반대하는 1인 시위를 하고 있다.

사무실의 직원들은 전화를 받고 있다.

미영은 직원들이 빠르게 전화를 받도록 큰 소리로 지시한다.

센터장은 그 모습을 흐뭇하게 바라본다.

회사 앞 공중전화에서 지은이 누군가와 통화를 한다.

지은, 전화를 끊고 사무실로 들어오면서 수진과 마주친다.

수진과 지은, 잠시 서로를 바라보다가 각자의 자리로 돌아간다.

10장

호프집.

수진이 돈 봉투를 보며 웃고 있다.

민규   무슨 술을 산다고 그래요?

수진   이번 주 모니터링에서 점수 1등 했거든요. 인센티브

           도 받았어요. 선생님, 오디션 붙었어요?

민규   잘됐다. 이제 고시원 나갈 수 있겠네요.

수진   다 선생님 덕분이에요.

민규   이제 두 달밖에 안 됐는데 덕분은 무슨…….

수진   덕분이죠. 이제는 헤드셋만 끼면 나도 모르게 입꼬

           리가 싹 올라가요. 사람들이 그러는데 얼굴이 달라

           졌대요. 그러다 보니까 진짜 웃을 수 있게 되는 것

           같아요.

민규   그럼 이제 수업 안 해도 되겠네요.

수진   왜요? 더 해야죠. 아예 감정까지 막 맘대로 바꾸면

           서 진짜 배우처럼.

민규   그건 연기가 아니에요. 그리고 수진 씨는 배우가 아

전화벨이 울린다 ——————————

니잖아요.

수진   사는 데도 다 연기가 필요한 거예요. 어떻게 항상 진
심만 갖고 살아요? 적당히 그런 척도 하고, 그래서
또 잘 넘어가면 좋고 그런 거지. 그럼 선생님은 평소
에도 그런 생각 하면서 살아요? (장난치듯 민규 흉내
를 내며) "나는 듣기 직전에 서 있고, 반드시 들어야
만 한다."

민규   연기 잘하네요.

수진   내 일이 아니니까요. 나도 내 일 아니면 그런 척 잘
할 수 있어요. (봉투를 내밀며) 다음 달 수업료예요.
연기 수업, 계속하는 거예요.

민규   지금 돈으로 나 이용해요?

사이

수진   농담이에요. 화나셨어요?

민규   저도 농담한 거예요.

수진   (웃으며) 연기 정말 잘하시네요. 근데 여기 술이 왜
이렇게 안 나와. 여기요!

아르바이트생으로 보이는 앳된 외모의 직원이 급하게 온다.

직원   예, 부르셨어요?

수진   저희 아까 주문했는데 아직 안 나왔거든요.

직원   예. 지금 손님들이 갑자기 많이 몰려서요. 뭐 주문하
        셨죠?

수진   아직 주문도 안 들어갔어요? 오백 두 잔하고 치킨
        시켰잖아요.

직원   예, 금방 드릴게요.

직원, 빠르게 이동하려고 한다.

수진   저기요.

직원   예?

수진   (웃는 얼굴로) 사과 먼저 해야죠.

직원   네?

수진   죄송하다고 안 했잖아요.

직원   아, 네. 죄송합니다.

수진   알바예요?

직원   네?

민규   아니에요. 오백 두 잔만 먼저 주세요.

직원   죄송합니다.

수진	제대로 사과하세요. 그게 죄송한 표정이에요?
민규	왜 그래요?
수진	(직원에게) 서비스의 기본이 안 됐잖아요. 사장 오라고 해요.
직원	네?
수진	사장 오라고요.
민규	아니에요. 가보세요.
직원	죄송합니다.

직원, 빠르게 간다.

수진	왜 그래요?
민규	수진 씨가 왜 그래요?
수진	우리 온 게 언젠데, 아직 주문도 안 들어갔다는 게 말이 돼요?
민규	수진 씨는 그러면 안 되죠.
수진	나도 여기 손님이에요.
민규	아는 사람이 더 한다고…… 지금 돈 몇 푼으로 갑질해요?
수진	이게 무슨 갑질이에요? 내 돈 내고 정당한 대우를 받는 거예요.

민규 갑질을 하려면 수진 씨한테 갑질 하는 놈들한테나 그렇게 해요. 엉뚱한 데서 자격지심 드러내지 말고. (봉투를 돌려주며) 적어도 진심이 있는 거 같아서 그동안 시간 낸 건데, 이제 연기 수업 끝입니다.

민규, 일어난다.

수진 그쪽은 늘 진심으로 살아요?

민규 …….

수진 나 같은 사람 연기하라면 어떻게 연기할 거예요? 매일 등수로 매겨지면 기분이 어떨 것 같아요? (사이) 상상 한번 해볼래요? 전화 받은 양에 따라, 시험 점수에 따라, 모니터링 점수에 따라 다 등수예요. 그걸로 월급 등급 나눠지고. 전화 많이 받는 사람 이름은 계속 앞에 있는 화면에 떠요. 그거 보고 다른 사람보다 더 많이 받으라고. 그거 보면서 큰일 났다, 빨리 받아야지, 빨리 받아야지 하는데, 막상 받으면 욕부터 날아와요. 겨우 전화 끊고 마음 좀 삭이려고 하면 빨간불 들어와요. 빨리 전화 받으라고. 매일 얼굴도 없는 괴물들하고 싸우는 거예요. 그러면 어떤 걸 진심으로 할 거예요?

민규   지금 거울 좀 봐요. 내가 보기엔 수진 씨 얼굴이 괴
　　　　　　　물 같아요.

민규, 나간다.

수진, 가만히 자리에 앉아 있다.

11장

아침, 콜센터 사무실.

다들 업무 준비에 한창이다.

미영의 자리에는 혜정이 앉아 있다.

지은의 자리는 비어 있다.

미영은 팀원들에게 시미스 교육을 하고 있다.

잠시 뒤 센터장이 들어온다.

센터장   다들 수고 많습니다. 최근 회사에 아주 불미스러운
일들이 많습니다. 지금 회사는 새로운 도약을 위해
불필요한 건 없애고, 또 좋은 것은 강화하고자 약간
의 조정을 하려고 합니다. 가장 중요한 건 사람이죠.
모든 게 사람 때문에 좋아질 수도 있고 나빠질 수도
있습니다. 그래서 인력 구조조정을 하기로 결정했
습니다. 일단 본사 정규직 직원들은 30% 구조조정
에 들어갈 예정이고, 우리 콜센터도 40% 정도 구조
조정이 있을 예정입니다. 구조조정 대상은 각자 계
약된 업체에서 연락이 갈 겁니다. (사이) 그리고 이

전화벨이 울린다

중요한 시기에 더 큰 문제가 생겼습니다. 지금 회사는 그 직원 한 명 때문에 고소를 당하게 생겼어요. 그리고 그 직원은 형사 처벌을 받을 겁니다. 고객에게 상담을 하고 서비스를 제공한다는 사람이 개인적인 감정으로 고객에게 전화를 해서 욕을 하는 게 말이 됩니까? 평소에 1등을 하면 뭐 해요? 기본적인 자질이 안 됐는데! 오늘부터는 직원 평가가 더욱 강화될 겁니다. 그리고 이전의 점수도 반영이 되겠지만, 앞으로 남은 한 달 동안 여러분의 태도를 아주 주의 깊게 평가하도록 하겠습니다. (미영에게) 황 팀장, 구호 선창해보세요.

미영   (친절한 미소로) 마음과 마음을 이어줘요. 신속! 정확! 친절!

모두   신속! 정확! 친절!

센터장   오늘도 최상의 서비스를 위해 노력합시다. 55분입니다. 업무 준비하세요. 팀장은 나 잠깐만 봅시다.

미영   네.

센터장이 나간다.

미영이 따라 나간다.

윤희　　　무슨 일이에요? 지은 언니가 그런 거예요?

애순　　　나도 몰라. 갑자기 이게 무슨 얘기야?

혜정　　　고객이 심한 욕을 했나 봐. 지은 씨가 회사 앞 공중
　　　　　전화로 계속 전화해서 욕을 했대. 그런데 그 고객이
　　　　　다 녹음을 하고, 계속 듣다 보니까 지은 씨 목소리인
　　　　　걸 알았나 봐. 어제 사장 비서실로 전화해서 난리가
　　　　　났대.

수진　　　지은 언닌 그런 사람 아니잖아요. 정말 바보같이 그
　　　　　렇게 했다고요?

혜정　　　그러니까……. 나도 모르겠어. 멀쩡하던 사람이 갑
　　　　　자기 왜 그런 건지.

애순　　　걔가 멀쩡해 보이는 게 멀쩡한 게 아니었구나.

윤희　　　그런데 저희 정말 잘리는 거예요?

사무실은 구조조정 이야기로 시끄러워진다.

미영, 들어온다.

지은, 회사 옥상으로 올라간다.

1층에는 준영이 1인 시위 중이다.

미영　　　자, 이제 9시입니다. 호 열어주세요.

전화벨이 울린다

다들 헤드셋을 쓰고 버튼을 누른다.

여기저기서 전화벨이 울리기 시작한다.

한 명씩 전화를 받는다.

지은   난 내가 괜찮은 줄 알았어. 그런데 아니었어. 괴물들
       이 전화해서 소리 지르고 욕해도 그냥 저것들은 괴
       물이니까 괜찮아…… 난 사람이니까…… 괴물하고
       싸울 필요 없다고 생각했는데…… 내 안에도 괴물
       이 있나 봐. 내 안에도 괴물이 생겼나 봐. 갑자기 참
       을 수가 없었어. 나도 모르게 전화를 걸어서 욕을 하
       고 소리를 지르고 협박을 하고……. 나도 괴물이 됐
       어. 나도 모르게. 내 안에 뭔가 자꾸 불이 켜지고 있
       어. 나도 모르게 자꾸 뜨거워져. 뱉어내고 싶어. 너
       무 뜨거워서 더 이상은 감당이 안 돼.

       저기요.
       내 마음속에 빨간불이 들어왔어요.
       제발 누가 이 빨간불을 꺼주세요.
       도와주세요.
       제발요.

지은이 힘들어하며 소리를 지르다가 옥상에서 떨어진다.

회사 앞에서 1인 시위를 하던 준영이 지은을 발견한다.

준영   여기 사람이 떨어졌어요. 도와주세요. 제발요.

사무실의 전화벨 소리와 콜센터 직원들의 상담 소리가 점점 커지면서
전화의 빨간 불빛이 무대를 감싼다.

12장

저녁, 고시원 옥상.

수진이 안대를 차고 있다.

잠시 뒤 민규가 올라온다.

민규, 수진을 발견하고는 잠시 머뭇거린다.

민규   그날은 미안했어요.

수진   …….

민규   내가 좀 안 좋은 일이 있어서 그랬어요. 수진 씨가
           진짜 괴물 같다는 게 아니라.

수진   …….

사이

민규   나 사실 그날 오디션에서 떨어졌어요. 이번엔 정말
           열심히 준비했는데.

수진   …….

민규   목구멍에서 갑자기 대사들이 막 올라와요. 이젠 필

요도 없는데.

수진   …….

민규   오디션을 준비하면 보통 3분짜리 대사를 일주일 정도 연습해요. 그 일주일 동안 내 입에서 나오는 말의 90%는 그 대사들뿐이에요. 입에 달라붙어 있어요. 오디션은 10분 정도면 끝나요. 대사도 한 번이면 끝나죠. 오디션이 끝나고 거리에 나와서 혼자 서 있으면 그 지난 일주일도 다 사라져버린 것 같아요. 근데 웃기 게, 그때 목구멍에서 갑자기 대사들이 막 올라와요. 그 목구멍에 걸려 맴돌고 있는 대사들이 꼭 나 같더라고요. 쓸모도 없고, 의미도 없고.●

사이

수진   매일 꿈을 꿨어요. 꿈에서 괴물들이 날 쫓아와요. 얼굴도 없는 빨간불의 괴물이. 그게 내가 꾸는 유일한 꿈이에요.

민규   …….

● 이 부분은 <전화벨이 울린다> 재연 당시. 민규 역을 맡은 우범진 배우의 말을 대사로 옮겼다.

수진   늘 1등을 하던 언니가 있었어요. 근데 죽었어요. 무
              릎 꿇고 빌었대요. 회사에서 시켜서. 유서에 쓰여 있
              었대요. 도와달라고. 본사에도 도와달라고 했는데
              자기네 직원 아니라고 책임 못 진다고 했대요. 몰랐
              어요. 바로 옆에 있었는데도. 매일 거울로 내 얼굴을
              보면서도. 눈을 감고. 목소리만 남았어요. 누구 목소
              린지도 모르는 소리만. 이제 정말 모르겠어요. 뭐가
              꿈인지 아닌지도.

사이

민규   어떻게 하려고요?
수진   어떻게 할 건데요?

민규, 아직 말이 올라오는 것처럼 끊임없이 중얼거린다.

민규   어디를 보아도 짙은 공포뿐
              차라리 암흑을 헤매이겠네.
              그대들이여.
              볼 수 있는 것 하나 없는 나의 이 몸을
              끝 간 데 없이 저주 받은 나의 이 몸을

데려가주오, 쫓아내오, 나라 밖으로.

수진은 안대를 벗는다.

길게 눈을 감는다.

눈을 뜬다.

또 다시 눈을 감는다.

다시 눈을 뜬다.

눈을 감는다.

다시 뜬다.

끝없이 반복하며 수진은 조금씩 발걸음을 내디딘다.

방향은 알지 못한다.

다만 다시 눈을 뜨고, 다시 감으며 조금씩 걷는다.

서서히 암전.

전화벨이 울린다

개인의 책임

이오진

등장인물	진영	여자, 회사원
	기창	남자, 카페 직원
	은주	목소리, 진영의 선배
	아버지	목소리, 기창의 아버지

때	가을

장소	카페

1장

밤 11시.

기창이 카페 공간을 정리하고 있다. 마감 중이다.

딸랑, 문이 열리는 소리.

진영이 들어온다.

기창   왔어?

기창은 계속해서 정리를 한다.

진영은 의자에 앉는다.

기창   밥 먹었어?

진영   응. 오빤?

기창   어, 먹었어. 커피 줄까?

진영   응. (짧은 사이) 아니, 차.

기창   뭐?

진영   아무거나.

기창, 손을 씻는다.

자신의 커피를 내린다.

진영의 차를 우린다.

진영, 어떤 심경으로 기창을 바라본다.

기창의 노곤한 얼굴에서 얕은 체념과 고집 같은 게 읽힌다.

기창, 진영과 눈이 마주치면

기창   왜?

진영   그냥.

진영이 다른 데를 보면

기창   오늘 예쁘네.

진영   어디가?

기창   몰라. 오늘 그냥 다 예쁜데.

기창, 주변을 정리하다가 슬쩍 진영의 눈치를 본다.

기창   배 안 고파? 나가서 뭐 사 먹을까?

진영, 대답이 없다.

기창   몸이 안 좋아?

진영   응.

기창   어디가?

진영   속이 안 좋아.

기창   체했나?

진영   아냐.

사이

기창   집에 가야 되는 거 아니야?

진영   그래야 할 거 같애.

기창   ……그래?

진영   응.

기창, 커피와 차를 들고 와서 진영 앞에 앉는다.

기창, 진영의 볼을 만지며

기창   어디가 아프지?

진영   …….

기창, 진영의 머리를 쓰다듬는다.

사이

기창	진영아.
진영	응?
기창	바로바로 얘기해주면 내가 고마워.
진영	…….
기창	회사에서 무슨 일 있었어?
진영	……똑같애.
기창	엄마 전화 왔어?
진영	……응.
기창	뭐라셔.
진영	……똑같애.

사이

기창, 진영을 보고 설핏 웃는다.

기창   오늘 나랑 같이 있을까? 내가 소화제 사줄게.

사이

진영, 피식 웃는다.

진영   자고 갔음 좋겠어?

기창   응.

기창, 고개를 끄덕인다.

음악.

사이

진영   나 임신했어.

사이

진영   그렇게 됐어.

사이

기창   ……언제지?

진영   그…… 망원동 갔다 온 날. 순재 만난 날.

기창   ……아.

진영   어.

사이

기창   늦게 알았네.

진영   응.

사이

진영   …….

기창   …….

진영   …….

기창   내가 안에 그랬나?

진영   불안했어.

기창   …….

사이

기창   몸 어때.

진영   속이 안 좋아.

기창   토할 거 같애?

진영   뭐가 나오거나 하진 않아. 헛구역질만 해.

기창   언제부터?

진영   좀 됐어.

기창   ……왜 말 안 했어?

진영   (피식 웃으며) 임신일까 봐.

사이

기창, 앉아 있다.

진영, 가만히 있다.

진영   잠깐만.

진영, 속이 안 좋은 듯 화장실로 달려간다.

물 틀어놓은 소리.

기창, 뭘 어떻게 해야 할지 모르겠다.

잠시 뒤 진영이 나온다.

팔뚝으로 입을 닦는 진영.

기창, 수건으로 진영의 입을 닦아주려 한다.

진영, 수건을 받아서 직접 닦는다.

사이

기창   그런데 왜 바로 테스트 안 했어?

진영   ……탓하는 거야?

기창   아냐. 그게 아니라…….

진영   오빠가 알다시피 나는 불규칙하고…… 느낌이 안

               좋았을 때는 마음의 준비를 할 시간이 필요했어.

기창   임신일 줄 알고 있었어?

진영   응.

기창   왜.

진영   처음이 아니잖아.

사이

엄청난 사이

기창   ……미안하다.

진영   …….

사이

진영   집에 갈래.

기창   잠깐만.

진영, 가방을 힘겹게 들고 일어난다.

기창   진영아, 잠깐만. 잠깐만.

기창, 나가려는 진영을 붙잡는다.

진영   갈래…….

진영, 기창을 밀어낸다.

기창, 붙잡는다.

진영, 다시 기창을 밀어낸다.

기창, 진영을 안는다.

진영, 더 세게 밀어내다가 갑자기 기창의 머리를 후려친다.

기창, 놀라고 아파서 진영을 쳐다본다.

진영, 다시 기창의 머리를 때린다. 계속 때린다.

기창, 어떻게 반응해야 하나 생각하면서 반은 막고 반은 맞는다.

힘이 빠진 진영, 의자를 잡고 간신히 선다.

기창, 그제야 고개를 들고 자기 머리를 만진다.

기창   나랑 얘기하자. 가지 마.

음악.

2장

새벽 1시.

진영, 카페 밖에서 누군가에게 전화를 건다.

은주   (목소리) 어, 진영아.

진영   은주.

은주   어, 그래. 무슨 일 있어?

진영   어. 잤어?

은주   어, 오늘 일찍 잤어. 깜빡 잠들었네. 언아가 일찍 자
              가지고 나도 깜빡 잠들었네.

사이

은주   왜 그래, 진영아. 무슨 일 있어? 이 시간에.

진영   별건 아니고. 언니, 실은 내가 임신을 했어.

사이

은주   그랬구나.

진영   어. 근데 애기를 기다리는 상황은 아니었거든. 우리
               가 당장 결혼할 것도 아니고. 그래서…….

은주   아아. 그치.

사이

진영   애를 낳을 생각이 없었는데, 나는.

기창, 카페 안에서 유리창 너머로 통화중인 진영의 뒷모습을 본다.
통화하는 소리가 작게 들린다.

진영   우리가 결혼은 절대 안 한다, 그런 옵션은 없다, 그
               런 건 아니었어. 그렇긴 해도…… 그동안 사람들이
               '결혼'이라고 부르던 거랑 조금은 다른 형태일 수
               있지 않을까 하는 기대가 있었거든. 그런데 이렇게
               임신이 되니까…… 생각이 많은 거야. 나는 결혼을
               해도 애를 낳을 생각은 없었는데.

사이

은주   그래.

진영   그래가지고…… 언니 생각 나서 걸어봤어. 언아도
               보고 싶고.

은주   너 몸 괜찮아?

진영   어. 그냥…… 괜찮아. 아직은 별로 증상이 없어.

사이

진영   가슴이 커졌어.

은주   그치, 커지지.

두 사람, 피식 웃는다.

진영   은주. 나 어떡하지?

은주   어떻게 하고 싶은데?

진영   모르겠어.

사이

은주   진영이 니가 기창이랑 얼마나 됐지?

진영   6년.

은주   아이고, 벌써 그렇게 됐구나.

진영   응…….

사이

은주   일단은 진영아. 이게 큰일이 아니고 누구에게나 있
          을 수 있는 일이야.

진영   그치……. 나 실은 예전에도 한 번 임신했었어.

은주   언제? 기창이?

진영   ……어. 연애 초반에. 대학교 2학년 때.

은주   그랬구나.

사이

은주   지금 내가 너 있는 데로 갈까?

진영   아니야. 왜 그래. 언아 잔다며…….

은주   남편 있잖아.

진영   아니야. 고마워. 근데 나 지금 오빠네 가겠는데…….
          어, 그 카페. 오빠 일하는 데. 근데 이게……. (한숨)
          그래, 좀.

사이

진영   언닌 내가 어떻게 했음 좋겠어?

은주   니가 하고 싶은 대로 해야지.

진영   응…….

사이

은주   진영아, 근데   에기 낳아놓으면…… 너무 예뻐.

진영   ……그래?

은주   어.

진영   응.

은주   진짜 예뻐, 애가.

진영   좋아?

은주   그치……. 좋지. 없던 지구가 보이는 거야. 애 낳기
            전에는 보이지 않았던 지구의 나머지 반이 보인다.

사이

진영   은주. 근데 그거…… 생겼고 낳았으니까 하는 얘기
            아니야?

은주　　어?

진영　　은주도 원래 아이 가질 생각 없었는데, 갑자기 임신
　　　　했을 때 힘들어했는데, 낳았으니까 얘가 꼭 있어야
　　　　했다, 그런 생각 드는 거 아니야? 왜냐면 있으니까.
　　　　사람은…… (사이) 사람들은 당위가 필요하잖아.

은주, 얕은 한숨.

은주　　그렇게 생각할 수도 있고. 또 아닐 수도 있고.

사이

은주　　현실적인 얘기들이 필요해?

진영　　모르겠어. 뭐가 필요한지.

은주　　진영이가 원하는 대로 하면 돼.

진영　　미안해.

은주　　아니야.

진영　　다시 전화할게.

은주　　다시 전화해. 몸조심하고.

진영　　응. 미안해.

은주　　그래. 들어가.

사이

진영이 카페 안으로 들어온다.

기창은 보지 않은 척한다.

기창   이거 마셔. 핫초코야.

진영   답은 정해진 거 같아.

사이

기창   그렇게 생각 안 해, 난.

진영   답이 없잖아.

기창   왜 그렇게 생각해? 예전이랑 다르잖아.

진영   뭐가?

기창   ……다르지.

진영   내가 회사 다니는 게 다르지. 오빠가 직장 없는 건
        똑같아.

기창   ……지금 나 비난하는 거야?

진영   응.

사이

기창   왜 이렇게 사냐고 비난하는 거야?

진영   아니. 왜 그렇게 살았냐고 비난하는 거야.

사이

기창, 카페 밖으로 나가서 담배를 피운다.

진영, 따라 나간다.

진영   나도 줘.

기창   안 돼.

진영   왜.

기창   안 돼.

진영, 기창을 노려본다.

기창, 고개를 내젓는다.

기창   나도 끌게.

기창, 담배를 끈다.

진영   오빠, 이상한 게…….

기창   응.

진영   화가 안 나.

기창   화가 안 나서 그렇게 날 팼다고?

진영, 피식 웃는다.

진영   이세 체념인가 봐. 체념……. 결국 이렇게 되었구나,
              하는 거 있잖아. 이런 일이 또 벌어졌구나, 하는 거.

기창   …….

사이

진영   나 은주 언니한테 나쁘게 말했어.

기창   그랬어?

진영   응.

음악.

기창   진영아.

진영   응?

사이

기창   낳는 게 맞는 거 같아.

사이

진영   ……오빠 지금 무슨 얘기 하는 거야?
기창   말한 그대로야.
진영   제정신이야?

사이

기창   ……어?

사이

진영   니 애를 어떻게 낳아.
기창   어?

사이

진영   취직할 거야?

사이

진영   모아놓은 돈 있어?

사이

진영   오빠, 남배 낧을 수 있어? 술 끊을 수 있어? 아버지 한테 돈 빌릴 수 있어? 오빠, 결혼할 수 있어? 오빠. 우리 결혼 안 하기로 한 거 아니었어? 지금 무슨 소리 하는 거야?

사이

기창   그렇다고 지워?
진영   …….
기창   또?

사이

기창	너 사랑해.
진영	……나도 사랑해. 그 문제가 아니잖아.

사이

진영	나 하나 사는 것도 벅차.
기창	내가 도울게.

진영, 피식 웃는다.

진영	도와?
기창	…….
진영	니가 도와? 오빠 애 아니야? 왜 나는 키우고 넌 도와?
기창	그런 뜻이 아니라.
진영	돈은.
기창	내가 벌어.
진영	니가 버는 걸로 애를 어떻게 키워. 애가 없어도 네 코가 석잔데.
기창	…….
진영	…….

기창	…….
진영	내 말이 틀려?
기창	모아놓은 거 있어?

진영, 기가 막히다.

진영	있어, 있는데…… 이걸로 아무것도 못 해.
기창	얼마나 있는데.
진영	2천.
기창	……언제 그렇게 모았어?
진영	직장 3년 차면 다들 이 정도는 모아. 아무리 조금 벌어도.
기창	……그렇구나.

사이

기창, 미안해서 아무 말 못 한다.

진영	오빠.
기창	…….
진영	없지.
기창	…….

진영   …….

그대로 있는 두 사람, 잠시 움직이지 못한다.

기창이 자전거를 가져와 뒷좌석에 방석을 얹은 다음 고정한다.

기창, 진영에게 뒤에 앉으라고 손짓한다.

진영, 자전거 뒷좌석에 앉는다.

기창이 주머니에서 사과를 꺼내어 진영에게 준다.

음악.

기창, 자전거를 태워준다.

자전거가 관객의 시야에서 사라진다.

얼마간의 시간이 흐른 뒤 기창과 진영의 자전거가 돌아온다.

두 사람, 아까와는 달라진 호흡.

기창   딸이면 좋겠다.

진영   …….

기창   너 닮은 딸이면 좋겠어.

진영   오빠, 하지 마.

기창   너 닮은 딸이면 내가 진짜 삶이 행복할 거 같아.

            나, 잘 태어났다는 생각이 들 거 같아.

진영   ……너 닮은 딸이면.

기창   ……딸은 엄마 닮는대.

진영   큰딸은 아빠 닮아. 나 아빠랑 똑같대, 엄마가.

기창   ……그러면 안 낳고 싶어.

진영이 기창을 한 대 때린다.

기창   아! 엄마, 아파요.

진영이 기창을 또 한 대 때린다. 퍽, 아까보다 더 아프게.

기창   왜 이렇게 세게 때려요.

진영   ……넌 몇 살인데 벌써 말을 하냐.

기창   저…… 어…… 세 살이오.

진영   말 잘하네.

기창   네, 엄마 닮아서요. 아빠 아니고 엄마 닮았어요.

진영   ……이름 뭐야.

기창   엄마가 딸 이름도 몰라요?

진영   어…… 아들 아니었어?

기창   아니에요, 딸이에요.

진영, 피식 웃는다.

기창   반가워요.

기창이 손을 내민다.

두 사람, 악수한다.

기창   엄마.

진영   어.

기창   엄마. 고마워요.

진영   뭐가.

기창   엄마는 아빠랑 만나주잖아요.

진영   ……니네 아빠가 그렇게 형편없는 인간 같니?

기창   네.

진영과 기창, 웃는다.

기창   아빠는……. 어, 아빠는 취직도 안 하고. 모아놓은
                돈도 없고. 선배 카페에서 알바나 하고. 부모랑 사이
                도 개판이고. 인생 패배감에 쩔어서…….

진영   너, 세 살짜리가 쓰는 단어가…….

기창   그냥요. 아빠는 좋은 아빠가 되기에 괜찮은 조건은
아니잖아요.

진영   그치. 아니지.

기창   왜 만났어요? 헤어지지도 않고. 연애도 6년이나 하
고.

진영   모르겠어. 관성이야, 관성.

기창   관성이오?

진영   어, 그냥 흐르는 대로 흐르는 거야. 엄마는 변화를
싫어하거든. 가끔은 변화하는 게 부서워서 그전에
그냥 죽어버리고 싶다는 생각을 해.

기창   어, 그거. 그 영화. 그 대사.

진영   〈아메리칸 허슬〉.

기창   어. 죽였죠, 제니퍼 로렌스.

진영   세 살짜리가 그것도 봤구나.

기창   제가 이래봬도 씨네 키드예요.

진영과 기창, 웃는다.

기창   엄마.

진영   (웃음) 상황극 언제 끝나?

기창   (안 끝났다는 의미로) 엄마!

진영   어.

기창   난 엄마가…….

사이

기창   낳았으면 좋겠어요.

사이

기창   왜냐면…….

사이

기창   낳지 않기로 하는 게…… 훨씬…… 쉬운 선택이거
        든요.

사이

기창   아빠가 그러는데요…….

사이

기창　　　조금 다르게…… 살아보겠대요.

사이

진영　　　니네 아빠는…… 그동안은 왜 그렇게 안 살았대?

사이

기창　　　엄마가…… 이대로…… 어디 갈 것 같대요. 만약, 다시 그렇게, 하면 엄마가, 더 이상 곁에 있어줄 것 같지가 않대요. 그러면 아빠는 살 수가 없대요.

사이

기창　　　진영아.
진영　　　…….
기창　　　나, 이게 나한테 온 마지막 기회 같애.

두 사람, 마주 본다.

3장

새벽 2시 10분.

기창이 '오늘의 커피, 에티오피아, 케냐' 등이 쓰인 안내판의 글씨를 지우고 무언가를 새로 쓴다.

1. 부모님
2. 결혼식
3. 집 (대출)
4. 직장
5. 육아

진영   오빠, 집이랑 언제 연락하고 안 했지?

기창   2년쯤 됐나.

진영   어머니 생신 때였나?

기창   응.

진영   상 엎었지.

기창   (피식 웃으며) 욕도 했어.

진영   잘했어.

기창   응.

진영   "남들처럼 평범하게 대기업 들어가면 될 걸 왜 사서 고생을 하니?"

기창   나도 내가 그럴 줄 알았지. 고등학교 때까진.

두 사람, 웃는다.

진영   오빠 부모님이 나 싫어하시면 어쩌지.

기창   좋아할 거야. 애 생겼다고, 결혼한다고 하면.

진영   나랑 만나는 거 아시지.

기창   전에는…… 만나는 거 알고 있었지.

진영   어머니가 나 안 좋아하셨지.

기창   뭐, 그건 이제 엄마 알 바 아니야.

진영   그게 왜 어머니 알 바가 아니야. 오빠네 집에서 돈을 받아야 하는데.

기창   그때의 엄마랑 지금의 엄마는 달라. 포기했어.

진영   왜.

기창   내가 자기가 원하는 대로 살아줄 거라 믿던 시절의 엄마가 아냐, 이제는.

진영   나 아버지 없고 가난해서 싫어하셨잖아.

기창   ……엄만 그냥 자기가 아무에게도 사랑받지 못하는

게 싫었던 거야. 아버지한테도, 나한테도. 너라도 좀
사랑해드려.

사이

진영   …… 왜?

사이

진영   오빠네 엄마잖아.

사이
기창, 말을 고른다.

기창   그래.

사이

진영   ……아버지 사업은 괜찮으셔?

기창   형한테 들었는데 작년부터 아빠 일 안 한대. 은퇴할
          때가 됐지. 출구전략 같은 거 잘 세워놨을 거야, 아

빠는. 평생 일하셨으니까.

진영   얼마나 부탁드릴 수 있을까.

기창   전셋값만…… 해보자. 1억 정도?

진영   1억으론 안 되지 않나.

기창   좀 더 달라 그럴까?

사이

진영, 헛웃음.

진영   부잣집 아들이라 다르네.

기창   …….

진영   어떻게 확신해? 돈 주실 거라고?

기창   그거…….

진영   부럽다.

기창   왜 그래.

사이

진영   아니, 다르잖아. 상황이 열악할 때 기댈 데가 있는 게 얼마나 좋아. 오빠는 그걸 알면서도 그동안 부러 안 기댄 거고.

기창	거기 기댈 거였으면, 난 대학 졸업하고 바로 아버지 공장에서 일 도왔어야 해.
진영	그랬으면 첫 번째 임신했을 때 낳았을지도 모르지.

사이

기창	그 얘기 갑자기 왜 이렇게 해. 그 얘기 우리 안 하기로 했잖아.
진영	상황이 이러니까.

사이

기창	너무 두려워하지 말자. 애는 커.
진영	그럼 나는. 애가 크면 나는? 나는 뭐가 되는데?
기창	뭐가 되긴 뭐가 돼, 애기 조금 크면 다시 일하면 되잖아.
진영	오빠, 내가 여기 어떻게 취직했는지 몰라서 이래?
기창	그럼 내가 벌게. 다들 그러고 살아.
진영	다 그러고 안 살아. 지금 우리나라 가임인구 출산율이 0.9명이야.
기창	찾아봤어?

진영   (기가 막혀서) 지금 그게 중요한 게 아니잖아. 사람들
        이 왜 애를 안 낳는지 알아? 애를 낳아 봤자 그 애도
        자기도 행복할 거 같은 생각이 안 들어서 그래.

기창   그럼 나는 이 세계가 너무 행복해 보여서 낳자고 하
        는 거 같니? 생겼으니까 낳자는 거야. 우리 애가 생
        겼으니까.

신녕   니 몸 아니라고? 니 삶 아니라고?

기창   이게 왜 내 삶이 아니야? 말 같지도 않은 소리 하지
        마.

진영   아무나 부모가 되면 안 돼. 다들 너무 함부로 애를
        낳아.

사이

진영   아니다. 어쩌면 내가 꼬여서 이러는 걸 수도 있어.
        내가 안 먹고 안 입고 거지같은 회사에서 아저씨들
        따까리 해서 3년 동안 겨우 2천 모았는데, 오빠는
        이런 상황 되니까 부모님께 연락해서 1억, 2억 정도
        는 나오겠거니 하는 태도가 부러워서 더 이러는지
        도 몰라. 오빠한테 선택권이 있는 게 부러워서.

기창   그게 내 잘못이야?

진영   니 복이지.

사이

기창, 화난다.

기창   ……야.

사이

기창   왜 화내는 거야, 나한테? 집, 내가 해 온다잖아.
진영   (말 끊으며) 당연한 거잖아.

사이

기창   왜?
진영   …….
기창   내가 집 해 오는 게 왜 당연한 거야?

사이

기창   내가 집 해 오는 건 당연한 거고, 우리 엄마한테 잘해달라는 건 대리 효도 요구하는 거 같아서 싫어?

사이

기창   그래서 낳자고, 말자고.

진영   …….

사이

기창   넌 애를 지키고 싶은 마음이 없니?

진영   ……지켜? 군대야?

기창   너한테 그런 게 안 보이는 거 같아서.

진영   오빠, 미안한데…… '애'라고 좀 안 하면 안 돼? 아직
        심장 소리도 안 들려.

기창   지켜보려고 하는 거잖아. 애, 아니…….

진영   그 애에 대해 알아?

사이

진영   나…… 그 애가 누군지 몰라, 아직. 오빠도 걔 모르
        잖아.

사이

음악.

기창   나랑 결혼하고 싶어?

진영   …….

기창   싫어?

진영   아니.

기창   하고 싶어?

진영   응.

기창   ……왜 그런 얼굴로 그렇게 말해?

진영   ……결혼 안 하고 행복하자고도 얘기했었잖아. 애기도 갖지 말자고. 그런 제도 없어도 충분히 좋다고. 근데 이제 와서 이게 뭐야. 모르겠어. 여우의 신포도 같은 거였나.

기창   나랑 결혼하고 싶었어?

진영   그런가 봐. 제도를 이렇게 좋아하는 여자야, 내가.

진영, 쓴웃음.

사이

기창　　너 웨딩드레스 입으면 진짜 예쁠 거 같애. 근데 하얀
　　　　원피스가 더 예쁜데. 막 드레스 부하면 오버 같잖아.
　　　　그냥 결혼식 때도 평소 입던 거 입으면 안 되나.

진영　　하게 된다면…… 평범하게 가자.

기창　　평범하게?

진영　　응. 아주아주 평범하게. 부한 드레스 입고, 똑같은
　　　　신부화장 하고. 스몰웨딩이 돈이 그렇게 많이 든대.

기창　　그래?

진영　　응. 이효리가 그러는데, 진짜 스몰웨딩은 예식장에
　　　　친척들 불러서 하는 거래. 주말 두 시간 대관하는
　　　　거. 축의금 내고 식권 받고 주차권 받아가는 거. 아
　　　　무도 신경 쓰이게 하지 않는 거.

기창　　그럼 우리 진짜 스몰웨딩 할까?

진영　　……응.

기창　　동아리 애들…… 불러서 밥 먹이고. 밥 맛있으면 좋
　　　　겠다.

음악.

기창　　회사 언제까지 다닐 수 있을까?

진영　　막달까지 다니면 다닐 수 있지 않나.

기창   그렇게까지 해야 해?

진영   그렇게들 많이 해.

기창   복직, 될까?

진영   육아휴직 하고 복직하는 선배 한 번도 못 봤어.

기창   나라에서 정책적으로 지원한다며. 요새는 남자들도
        육아휴직 쓴다며.

진영   (웃으며) 나 계약직이야.

기창   정규직 전환 얘기 있었잖아.

진영   그치. 이제 텄지.

웃음.

기창   취직할게.

진영   오빠 나이 있어서 쉽지 않을 거야. 당장 어떻게 하려
        고 하지 마.

기창   막노동이라도 하면 돼.

진영   차라리 학원 강사를 알아봐. 오빠 학벌 좋으니까.

기창   그럴까?

진영   응. 모르는 거야. 오빠한테 족집게 강사의 피가 흐르
        고 있을지도.

기창   어, 나 대학 때 과외하면 애들 성적 엄청 올렸어.

진영   봐.

사이

진영   다르게 살아보려고 치니까 이 생각 저 생각 다 든다.
기창   내가 그렇게 안 살았지.
진영   애썼지, 오빠가.

사이

기창   이런 나를 왜 참았어?
진영   그래도 둘 중 하나는 덜 불행해야 하니까.

사이

진영   행복했어?
기창   글쎄.

사이

기창   ……행복이라는 말이, 행복이 아니면 다 불행한 걸로 만들어버리잖아.

사이

기창   그 사이 어디쯤이었던 거 같아.

사이

기창   언젠가 니네 회사까지 걸어간 적 있었어.
진영   걸어서? 언제?
기창   작년인가. 가을에…… 니가 칼퇴근일 거라고, 근처
        에서 저녁 먹자고 했었는데. 갑자기 일이 생겨서 니
        가 못 나왔어.

사이

기창   근데…… 나는 세 시간 넘게 걸어간 거 안 아까웠어.
        걸어가는 동안 좋았어. 그날 바람도 좋았고.

사이

기창　　　딱 나 살만큼 벌고. 더 욕심내지 않고. 약간 가난하
　　　　　게. 주변이랑 비교하지 않고. 갖지 못하는 거 원하지
　　　　　않고.

사이

기창　　　이게…… 내 방식의 거부였던 거 같아.

사이

기창　　　결혼식을…… 늦어도 12월에는 하자.

진영　　　……집은 어디 구하지?

기창　　　너희 어머니댁 근처 어때. 정릉 쪽이나…….

진영　　　엄마 애 못 봐. 무릎 아파서.

기창　　　강남은 못 가. 강북에서 알아보긴 해야지.

진영　　　경기도로 가야 되나. 대출받고 퇴사할 수 있게 해볼
　　　　　까?

기창　　　안 받는 방향으로는 어떻게 안 될까.

진영　　　오빠 집 보증금 500인가?

기창　　　응.

진영　　　……받아야 할 거 같은데.

사이

진영   초음파 사진 보여줄까?

진영, 가방에서 초음파 사진을 꺼낸다.
두 사람, 같이 사진을 본다.
음악.

진영   이렇게 그냥 어영부영…… 결정해버려도 되는 걸
               까? 우리가 무려 6년이나 도망쳤던 거를…… 이렇
               게 밤에 그냥 갑자기.

사이

진영   이런 날이 올 줄 알았지, 오빤.
기창   으응.
진영   마치 모든 걸 다 알고 있었다는 듯이 굴어. 일부러
               안에 쌌어?
기창   (웃으며) 합리적 의심이야.

사이

기창   임신이야…… 있을 수 있는 일이니까. 너도 가임기
고. 그런데 니가 다시 또 전처럼 수술을 하게 되면
나를 떠날 수도 있겠다고 생각했어.

사이

기창   그런 일이 벌어지는 게 무서웠어. 그런 생각을 가끔
했어.

사이

기창   너를 잃을까 봐 아이를 택하는 게…… 아이한테 미
안해.

사이

기창   너를 택하는 거지, 아이를 택하는 게 아니니까.
진영   ……아이라고 부르지 말자. 그냥…… 수정란이야.

사이

기창 너는 나를 왜 사랑해?

진영, 가만히 웃는다.

진영 자기혐오. 나를 사랑하고. 내가 어디 갈까 봐 무서
    워하고. 그런데도 무섭다고 말도 못 하고 그러면서
    도…… 살고 싶은 대로 사는 걸 포기하지 못하는. 그
    런 이기심 같은 거.

사이

기창 그게 불쌍해서 사랑해?
진영 몰라. 그런가 봐. 오빠? 오빠 나 왜 사랑해?

사이

기창 내가 살고 싶은 대로 사는 걸 바꾸려고 하지 않으니
    까.
진영 …….

기창   그대로 두니까.

사이

진영   아니야.

진영, 푹, 운다.
기창, 놀라서

기창   왜 울어.

진영, 계속 눈물이 난다.

진영   나 하나도 못 바꾸고 살아.

사이

기창   나는 노력하면 세상이 바뀔 거라고 믿었던 거 같아.
진영   …….
기창   우리 대학생 때. 같이 철학 동아리 할 때. 일주일에
            세 번씩 스터디 하고, 두 번씩 집회 나가고 그럴 때.

내가 모르던 세상을 봤고, 세상은 바뀐다고 생각했던 거 같애.

진영   ……나도.

기창   동아리 애들 나 빼고 다 취직했어. 용재 자살하고 나서.

사이

진영   오빠도 했었잖아.

기창   시민단체 간사는 취직 아냐…….

사이

진영   나 이제 신문도 안 본다. 종이 신문도 끊었어. 나 기사도 디스패치만 봐.

기창과 진영, 피식 웃는다.

점점 크게 웃는다.

진영   나는 꿈도 없어.

사이

진영   임용고시 떨어지고 무역회사 취직했을 때, 나는 내가 꿈이 없는 사람이었다는 걸 알았어. 아무것도 절실하지 않은 사람이었다는 걸 알았어.

사이

기창   선생님 되고 싶어 했잖아.

진영   그랬지. 하지만 정말 선생님이 된 친구들만큼은 아니었어. 그만큼 간절하지 않았어.

기창   …….

진영   나 지금도 이 아이를 간절하게 갖고 싶은지 모르겠어. ……오빠?

기창   ……난 니가 간절해.

진영   오빠는 늘 나보다 명확하니까. 취직을 하고 싶지 않은 것도, 아버지처럼 살기 싫은 것도.

기창   나도 하고 싶은 게 없었어. 하기 싫은 것만 명확했지.

사이

진영 사회를 탓해도 되는 걸까?

사이

진영 나라를 탓해도 되는 걸까?

사이

진영 내가 핑계를 대는 거 아닐까?

사이

기창 내가 너보다 일찍 취직하고 너랑 결혼하고 아이도
      낳았으면, 그래서 대출 갚고 애 키우고 부부싸움하
      면서…… 명절에 부모님이랑 싸우면서 살았으면,
      우리는 지금보다 행복했을까?

사이

기창 그렇게 하는 게 세상한테 지는 거였을까?

사이

진영   그럼 우리는 이제 세상에 지는 거야?

사이

진영   이제 와서?

4장

새벽 5시 30분.

해가 뜬다.

기창, 카페 앞에서 담배를 피운다.

휴대폰으로 아버지의 전화번호를 찾았다 지웠다 하고 있다.

진영, 카페 안에서 창유리에 비친 자신의 배를 본다.

아직은 눈에 띄게 나오진 않았다.

가슴도 만져본다.

전보다 많이 커진 가슴.

기창, 전화를 건다.

신호음이 조금 오래 울린다.

아버지   (목소리) 여보세요.

기창   아버지. 저예요.

아버지   어.

기창   일어나셨어요?

아버지   어.

사이

기창   요즘도 일찍 일어나세요?

아버지   무슨 일 있냐?

사이

기창   여자친구가, 아이를 가졌어요.

아버지, 대답이 없다.

기창   말씀 먼저 드려야 할 거 같아서.

사이

기창   갑작스럽게 죄송해요.

아버지   ……그래, 몇 개월이냐?

기창   7-8주 정도 된 거 같아요.

사이

아버지   니가 아버지가 될 수 있겠냐?

사이

기창   제가 아버지가 되면 안 된다고 생각하세요?
아버지   묻는 거다.
기창   전 아버지가 되면 안 될 놈일까요?
아버지   아침부터 참.
기창   죄송해요, 끊을게요.

사이

아버지   기창아.
기창   ……네.
아버지   아버지가 될 수 있겠냐고 물은 거지, 되면 안 된다고
한 게 아니야.

사이

기창   끊을게요. (사이) 다시 전화드릴게요.

기창, 전화를 끊고 그대로 서 있다.

진영, 자신의 배를 만지고 있다. 마치 생경한 물체를 만지는 것처럼.

단단한 배. 뭐가 들어 있다. 낯설다.

기창, 다시 가게로 들어온다.

두 사람, 눈이 마주친다.

진영   배가 딴딴해.

기창이 의자에 앉는다.

진영이 다가가 기창의 무릎에 앉는다.

사이

기창   애 키우는 데 얼마나 들까.

진영   주변 얘기 들어보니까 100 벌면 100이 들고 200 벌
          면 200이 든대.

기창   어떻게 그러지.

진영   애 키우는 게 그런 거래. 유기농 분유 먹이면 한 통
          에 7만 원 넘는대. 근데 싼 거는 2-3만 원이면 사나
          봐. 나이키 아동화 이런 거 신기면 한 켤레에 5만 원
          넘고 그러는데 사실 뭐 그냥 5,000원짜리 신기면 신
          기는 거고…… 돈 없으면 몇 벌 없는 옷 자주 빨아

서 입히는 거고.

기창   ……그렇구나.

진영   다들 그렇게 산대. 원래 다 그렇게 사는 거래.

사이

기창   아버지가 나한테 제일 가르치고 싶었는데 실패한 게 뭔지 알아?

진영   뭔데?

기창   가난.

사이

진영   아버진 가난을 통해 뭘 배우셨대?

기창   모르겠어. 제대로 안 들었어.

사이

진영   앞으로 배우면 되겠네.

기창   아버지가 좋아하시겠다.

사이

두 사람, 웃는다.

기창   나 취직하면 우리 둘 다 대출받을 수 있잖아. 전세자
              금 대출받아서 좀 큰 집으로 이사를 가자.

진영   ……지금 오빠 사는 자취방은 전세로 바꾸면 얼마
              나 해?

기창   글쎄. 1억 5천 정도?

진영   그렇게 작은 방이?

기창   서울에서 전세 2억 이하 찾기 힘들지.

진영   그치.

기창   어디서 살고 싶어?

진영   음…… 글쎄. (사이) 아파트. 나 아파트 살고 싶다. 나
              아파트 한 번도 못 살아봤거든.

진영, 웃는다.

기창, 웃지 못한다.

진영   나 꿈이 너무 크지.

사이

기창   돈을 모으는 건 어려울 거야. 버는 족족 육아 비용으로 나갈 테니까. 앞으로도 아파트에 살기 어려울지도 몰라.

사이

진영   우리가 더 이상 사랑하지 않게 되면 어쩌지?

사이

진영   아이도 낳고 집도 얻고 같이 살고 그 아이는 자라는데…… 나중에 더 이상 서로를 사랑하지 않게 되면 어쩌지?

사이

진영   우리가 이 모든 선택을 후회하게 되면 어쩌지?

사이

진영   확신이 있어?

사이

기창   아니.

사이

진영   우리는 서로를 낫하게 될 서야.

사이

기창   너 내가 애 지우자고 하면…… 그래서 지우면……
       나랑 계속 만날 거니?
진영   ……아니.

사이

기창, 자기가 써놓은 글자들을 바라본다.
부모님, 결혼식, 집(대출), 직장, 육아…….

진영   이제 7주야. 아직 5분의 1밖에 안 왔어.

사이

진영   인생이 오는 거야. 우리가 살아온 이 생을…… 이 애
　　　　는 이제야 시작하는 거야.

사이

진영   너무 폭력적이지 않아, 애한테? 자기가 살아보겠다
　　　　고 결심하고 태어나는 것도 아닌데?

사이

진영   오빠는 이 생을 물려줄 만큼 이 생을 사랑해?

사이

진영   오빠가 하루 종일 일을 하고 자정이 다 되어 돌아왔
　　　　을 때, 내가 눈이 벌게져서 너한테 화낼 준비를 하고
　　　　기다리고 있으면. 애가 당신이 다음 날 아침 출근할
　　　　때까지 우는 걸 멈추지 않으면. 혹은 애가 어디가 아

파서 그 병을 치료하는 데 당신이 버는 돈의 몇 배
가 더 들면.

사이

기창   내가 밤이 되어도 돌아오지 않는다면. 어느 밤에. 네
가 하루 종일 아이를 보느라 오줌도 세네 못 싸서
방광염 걸린 채로 있는데. 내가 어느 날 밤에 술에
취해 돌아오시 않는다면. 혹은 술에 취해 돌아와서
(사이) 너를 더 이상 사랑하지 않는다고 말한다면.

사이
진영, 문득 웃는다.

진영   너무 가혹해. 나 죄 짓고 살았어?
기창   ……육아는 벌을 받는 게 아니야.
진영   오빠 말 들어보니 벌 받는 거 같아.
기창   너에게도 하루 몇 시간 정도는 네 시간이 필요할 거
야. 좋은 냄새가 나는 카페에 앉아서 다이어리를 쓰
거나 책을 읽을 시간이 필요할 거야. 내가 버는 돈으
로 그게 어려울 수도 있어.

진영   결국 돈이 문제구나.

기창   대출을 받고 갚자.

진영   갚을 수는 있을까? 빚보다 더 벌 수 있을까?

기창   나라가 해줘야 할 일인지도 몰라. 견딜 수 있을 만큼의 고통을 주는 것.

진영   우린 더 이상 집회하러 나갈 시간이 없어. 스터디 할 시간도.

기창   애는 자랄 거야. 애가 자랐을 때 지금보단 나으면 좋겠어.

진영   역시 걱정돼. 아버님이 돈을 안 주시면 어쩌지?

기창   ……그러면 내 자취방에서 시작해야겠지. 애기가 생긴 그 집에서.

사이

진영   오빠가 돌아왔을 때 집은 좁고 더러울 거야. 반찬은 없을 거야. 내 밥을 니가 차려야 할 거야.

기창   응. 그럴 거야.

진영   다시 대문 열고 나가고 싶어지지 않을 자신 있어?

기창   다시 대문 열고 나가고 싶어도, 나가지 않을게.

진영   약속해?

기창   응.

진영   말은 힘이 없어. 0이야, 0.

사이

진영   오빠, 다시 생각해도 돼.

기창   ……진영아.

진영   응?

기창   내가 그만하자고 말해줬음 좋겠어?

진영   사랑은 언제든 끝날 수 있어.

기창   알아.

진영   날 사랑해?

기창   날 사랑해?

진영   응.

사이

기창   응.

암전.

밤에 먹는
무화과

신효진

때	시간은 흐른다.

무대	서울 어딘가에 있는 '호텔 뤽상부르' 로비.

한산한 로비에 바흐의 하프시코드 협주곡 2악장이 흐른다. 무대 우측에 전면 유리창 테라스가 있다. 테라스는 야외 스튜디오를 겸하고 있어 정원식으로 꾸며져 있다. 테라스 바로 앞에 고풍스러운 옷장 두 개가 놓여 있고, 전신거울이 하나 있다. 그 옆에 '의복 대여는 데스크에 문의 부탁드립니다'라고 쓴 안내판이 있다. 옷장 앞은 카페테리아처럼 꾸민 공간. 책장이 두어 개 정도 서 있고 듬성듬성 책이 꽂혀 있다. (주로 자기계발서, 건축물 사진집, 여행 사진집, 여행 에세이, 가이드 북 등이다. 소설책과 시집도 몇 권 놓여 있는데, 대부분 앞장만 닳아 있다.) 무대 정면엔 객실로 올라가는 계단이 있는데, 그 위로 레드카펫이 깔려 있다. 계단 좌측에는 객실 안내 및 편의를 위한 데스크가 있고, 데스크와 계단 사이에는 호텔 레스토랑으로 통하는 통로가 있다. 데스크에는 직원이 서 있다.

1장

밤.

윤숙이 로비에 앉아 있다.

로비에는 아무도 없이 은은한 조명만 켜져 있다.

윤숙   (쓰며) 그날 밤, 여자는 호텔에 사람들을 되는대로
불러 모으기로 결심했다. 마음을 먹는 것이 어려웠
지 실천으로 옮기는 일은 어렵지 않았다. 여자는 바
지런히 초대장을 썼다. 이 편지에 사람들은 여기에
오는 것으로 답장을 하리라. 여기에 오는 그들의 몸
으로 답장을 받으면 여자는 먼저 웃으며 말을 걸 것
이다. 정말 멋지다며 쏟아지는 찬사에 우아한 미소
또한 지어 보일 것이다. 그렇게 오가는 이야기들은
아무런 의미도 없고 누구에게도 소용되지 않기에
마무리 지을 필요조차 없을 터였다. 어디서 왔는지,
누구의 자식인지, 재산은 얼마나 되는지, 아이가 있
는지, 어디로 갈 건지, 무엇을 좋아하고 또 싫어하는
지는 어차피 다 한 귀로 듣고 한 귀로 흘릴 이야기

들이었다. 여자에겐 그런 것이 중요했다. 누구도 자신에게 와서 맺어지지 않는 것. 아무도 부르지 않고 또 불러 세워지지도 않는 것. 그저 화려한 샹들리에 아래에서 어울려 춤이나 실컷 추다가 고급술을 잔뜩 마시고 해롱대다 잠이 들면 그만이었다. 어차피 영영 머물 수 있는 장소란 없지 않은가. 설사 이 모든 것이 여자의 것이라고 해도 말이나. 세상이 조금만 몸을 뒤척여도 하찮은 것들은 급경사로 굴러 떨어져버렸고, 머무는 일은 점점 더 어려워지기만 했다. 여자는 그걸 이해하고 있었다. 호텔의 높은 천장을 바라보고 있으면 점점 더 아득하게 바닥으로 꺼지는 것 같았고, 온기와 생기 하나 없는 냄새들은 여자의 몸마저 표백시켜 갔다. 이런 곳에서 누군가를 머물게 할 생각을 하다니. 참으로 아이러니다. 여자는 석유등을 흉내 낸 카바이드등을 꺼버렸다. 암흑 속에서는 초대장을 더 쓸 수 없었다.

2장

어느 오전.

윤숙이 레스토랑에서 나온다.

직원   안녕하십니까, 고객님. 오늘도 좋은 하루 보내십시오.

윤숙   저기요.

직원   네, 고객님.

윤숙   식당에요, 오늘 조식에 무화과가 디저트로 나왔는데요.

직원   네.

윤숙   전부 물러서 너무 맛이 없어요. 요리사한테도 말은 했는데 바쁜지 영 대꾸도 안 하고.

직원   무화과가 맛이 없으셨다는 말씀이세요, 고객님?

윤숙   내가 오늘 조식 때 무화과 슬라이스랑 무화과 잼이랑 빵이 나온다고 해서…… 기대를 많이 했거든요. 내가 제대로 된 무화과 디저트를 먹어본 적이 없어서요.

직원	죄송합니다.
윤숙	이러면은 다른 사람들도 맛없다고 생각할 거 아녜요.
직원	죄송합니다. 앞으로는 그런 일이 없도록 조치하겠습니다.
윤숙	내가 만약 여기 하루 머물다 가는 사람이었으면…… 그냥 영영 무화과는 맛없고 원래 저기, 이게 이렇게 무르고 좀 떫구나 이렇게 생각했을 거 아니에요? 그거에 대해서는 어떻게 소지를 할 수가 없잖아요.

사이

윤숙	(누그러져서) 내가 기대를 정말 많이 해서…….
직원	죄송합니다.
윤숙	사과를 들으려는 게 아니라…… 제대로 전달을 해 주면 고맙겠어요.
직원	네. 알겠습니다, 고객님.
윤숙	이 앞에 있던 재래시장은 없어졌나 봐요.
직원	네? 어떤 재래시장 말씀이십니까?
윤숙	왜 중앙에…… 엄청 크게 있었는데. 거기서 사 왔으

면 무를 일이 없었을 텐데. 그게, 없어진 지가 꽤 됐
나 보네.

사이

윤숙   정원에 있는 나무는 가짜예요?

직원   아, 네.

윤숙   아니, 땅이 넓어서 직접 길러 써도 될 텐데. 무화과
가 생각보다 기르기가 쉽다 그러드라구.

직원   정원은 야외 스튜디오로 쓰는 경우가 많아서요.

윤숙   스튜디오?

직원   네.

윤숙   호텔이…… 장사가 잘 안 돼요?

사이

윤숙   (충분히 망설이다가) 저기, 여기는 저…… 그런 거 안
해요?

직원   어떤 거 말씀이십니까, 고객님?

윤숙   저기, 그 뭐야, 리뷰……. 호텔에 대해서 글을 써주면
소설가나 시인은 그냥도 재워주고 그러잖아요, 왜.

직원   죄송하지만 저희는 그런 이벤트는 진행하지 않고
                있습니다, 고객님.

윤숙   찾아보니까 얼마 전에 했던데요.

윤숙, 가방에서 신문을 꺼내 보여준다.

직원   (보고) 네에. 그런데 현재는 진행하지 않고 있습니다,
                고객님. 죄송합니다.

사이

윤숙   저기…… 그러면 혹시 높은 사람이랑 얘기를 좀 할
                수 없을까요?

직원   네?

윤숙   여기 매니저라든가 그런 사람…….

직원   아, 불러드릴까요?

윤숙   예. 부탁 좀 드릴게요.

직원   잠시만요, 고객님.

직원, 데스크 안쪽으로 들어가 누군가와 대화를 나눈다.
안에서 매니저가 나온다.

포마드로 머리를 빗어 넘긴 남자다.

매니저   안녕하십니까, 고객님. 호텔 뤽상부르 담당 매니저 김정욱입니다. 무엇을 도와드릴까요.

윤숙   아, 저기, 다름이 아니라…… 내가 여기서 글을 좀 쓰려고 왔는데, 혹시나 호텔에서 작가한테 자리를 주고 호텔에 대한 이야기를 쓰게 하는 그런 게 없나 하구요. 여기는요. (직원을 가리키며) 이분이 없다고 는 했는데 내가 이거…… 신문에 글 실린 걸 발견해 서 갖고 있었거든요. (신문을 보여준다.) 좀 되긴 했지 만…….

매니저   네, 고객님. 죄송합니다. 지금은 그런 이벤트를 진행 하고 있지 않습니다.

윤숙   이벤트가 아니라…….

매니저   과거에 그런 형태로 리뷰를 받은 적은 있지만, 신문 사와 연계해 진행한 작업입니다.

윤숙   이제는 안 한다는 말인 거죠?

매니저   네. 결과물이 그다지 좋지 않아서 오너분께 지시 내 려온 사항이 없습니다, 고객님.

윤숙   ……그래도 호텔 평가나 그런 게 필요하긴 할 거 아 녜요? 구석에 있어서 사람들이 찾기도 어렵고 그럴 텐데.

매니저   요즘에는 앱으로 별점을 매기기 때문에요, 문의 주
      신 것은 현재 따로 계획에 없습니다.

윤숙   앱이요?

매니저   네.

윤숙   핸드폰 말하는 거예요?

매니저   네, 그렇습니다.

윤숙   (망설이다가) 여기는 비즈니스호텔이라 늙수그레한
      양반들이 너 낳시 않아요? 그런 사람들은 핸드폰 들
      여다볼 시간에 지면을 더 많이 본단 말이에요, 줄글
      읽는 걸 더 편리해하기도 하구. 그래서 내가 말을 해
      본 거예요.

매니저   죄송합니다.

윤숙   아니, 왜 자꾸 죄송하대…….

매니저, 정중하게 고개를 다시 한 번 숙인다.
윤숙, 부담스럽다.

윤숙   ……그러면 됐어요, 잊으세요. (쉼) 그리고 이거……
      ('Hotel Luxembourg'를 가리키며) 정확히 읽으면 '룩
      셈부르크'예요.

매니저	예?
윤숙	룩셈부르크를 불어로 읽으면 뤽상부르예요. (웃는다.) 재밌죠?
매니저	…….
윤숙	그러게 왜 호텔 이름을 이걸로다 바꿨을까. 멋있어 보이려고 그랬나……. 뤽상부르가요, 파리에 있는 공원 이름인데요. 센강 왼쪽에 있더라구요. 혹시 가 봤어요?
매니저	아니요. 가본 적 없습니다, 고객님.
직원	(윤숙이 자신을 쳐다보자) 저도 안 가봤습니다, 고객님.
윤숙	(웃고) 사실 나도 안 가봤어요. 프랑스에 웬 룩셈부르크. 보나마나 침공하고 지배한 기념으로 남의 나라 이름을 가져다 공원을 지은 거겠죠?

사이

윤숙	……안 웃네. 웃으라고 한 말이었는데……. (꺼내 놓은 신문을 도로 넣는다.) 아무튼, 아까 그거 잊지 말고 잘 얘기해줘요. 부탁해요.
직원	네, 알겠습니다. 편안한 시간 되십시오, 고객님.

윤숙, 계단으로 올라가 사라진다.

매니저   뭔 얘기?

직원   무화과가 맛이 없으셨대요.

매니저   뭔 무화과? ······오늘 조식 디저트?

직원   네. 떫고 무르다고.

매니저   다른 손님들은 별말 없었잖아.

직원   네.

매니저   저 사람 뭔데 그래? (한숨) 검색 좀 해봐. 저 사람 뭐 쓴 거 있는지. 뭐······ 뭐 쓰는 사람이야. 소설가야? 시인이야?

직원   (검색해본다.) 안 나오는데요.

매니저   무명이야? 필명 쓰나?

직원   몰라요.

매니저   아까부터 저러고 있었던 거야?

직원   네.

매니저   (혀를 차며) 여기가 무슨 관광호텔도 아니고······.

매니저의 휴대폰이 울린다.

매니저, 직원에게 손짓 눈짓을 건네고는 전화를 받으며 데스크 안쪽으로 사라진다.

매니저   어, 여보. 몸은 좀 어때. 약은? 응. 아니야……. 어어.

직원, 로비를 쓱 둘러보고는 안으로 들어간다.

3장

어느 오후.

직원이 없는 로비.

윤숙이 책장에서 책을 고르고 있다.

어디선가 희미하게 찬송가 '무화과 나뭇잎이 마르고'를 합창하는 소리
가 들린다.

소리   무화과 나뭇잎이 마르고 포도열매가 없으며 감람나
            무 열매 그치고 논밭에 식물이 없어도 우리에 양떼
            가 없으며 외양간 송아지 없어도 난 여호와로 즐거
            워하리…….

잠시 뒤 젊은 남자가 캐리어를 끌고 호텔로 들어온다.

윤숙, 남자를 의식한다.

남자는 곧장 데스크로 가서 직원이 없는 것을 확인하고 손목시계를 보
더니 카페테리아로 온다.

윤숙의 시선이 줄곧 남자를 따라간다.

윤숙   (작게) 참 잘생겼네.

남자, 초조한 듯 잠깐 자리에 앉았다가 일어나더니 책장을 구경한다.

윤숙, 기대감을 가지고 남자를 쳐다본다.

남자, 건축 책을 꺼내 몇 페이지 넘겨 보다가 다시 책장에 꽂는다.

윤숙   소설은 안 읽어요?

남자는 윤숙의 말을 들었지만 자신에게 하는 말이라 생각지 못하고 무시한다.

윤숙, 머쓱해진다.

윤숙   (조금 크게) 내가 읽을 거 하나 추천해줄까요?

남자   (그제야 돌아보며) 네? (어눌한 말투로) ……아니요.

윤숙   시간 때울 거 필요한 거 아니에요? 직원 들어간 지 얼마 안 됐어요. 한참 걸릴 걸요.

윤숙, 의욕적으로 일어나더니 남자 옆에 서서 책장의 책들을 꺼낸다.

윤숙   뭐 여기 있는 책들이 다 시원찮긴 하지만, 그래도 시간 때우기에 좋은 책들은 좀 있는 모양이에요. 소설

책도 있긴 있거든. 이런 거 보면은…….

남자   Miss.

윤숙, 동작을 멈춘다.

남자   I'm okay, no thanks.

마침 직원이 나온다.

남자, 윤숙을 피하듯 얼른 데스크로 다가간다.

윤숙   웬 영어?

남자와 직원이 대화를 나눈다.

문제가 있는 듯, 남자가 캐리어를 끌고 돌아와서 윤숙 앞에 앉는다.

윤숙   아 유 코리안?

남자   No, I'm not.

윤숙   으응, 그럼 웨얼 아 유 프롬?

남자   America.

윤숙   미국? 아 유 아메리칸? (대답이 없자) 한국인인 줄 알
                았는데. 히어, 포 트립? 아니…… 트래블?

남자	'Trip' is more correct. I'm here for business. (친절하게) You speak English very well. Where did you learn that? ('트립'이 좀 더 맞는 말이에요. 저는 비즈니스로 왔어요. 영어 잘하시네요. 어디서 배우셨어요?)
윤숙	땡큐, 땡큐. 어…… 런, 런 앳 호텔. 롱 타임 어고우.
남자	Learn at Hotel? (잠시 생각하다가) 신기해요.
윤숙	그쪽도 한국말 배운 거예요?
남자	No, No…… uh…… not learning. I just have some Korean friends. (아뇨, 배운 건 아니고…… 그냥 한국인 친구가 몇 있어요.)
윤숙	아하. 코리안 프렌즈한테 귀동냥으로. 교포예요?
남자	교……?
윤숙	(좀 더 바짝 다가 앉으며) 양친이 한국인이에요, 혹시? (대답이 없자) 유— 코리안 마더?
남자	…….
윤숙	파더?
남자	Oh, ……I was adopted. (아, ……전 입양됐어요.)
윤숙	(못 알아듣고) 어답티드?
남자	I was raised in Kentucky by my foster parents. Adopted when I was 3 years old. I mean…… I can't remember about that at all. (저는 켄터키에

서 양부모님께 자랐어요. 세 살 때 입양되었죠. 그 일에 대

해서는…… 전혀 기억이 안 나요.)

윤숙   켄터키? ……아이, 무슨 말인지 잘 모르겠네. 오케

이. 왓츠— 왓츠 유어 잡?

남자   My job? Oh, I work for the UN. (제 일이요? 아, 저

는 UN에서 일해요.)

윤숙   유엔? 거기 되게 큰 데 아니에요? 멋진 분이네. 유

나이스 가이.

남자   (웃으며) To be exact, I do research on North

Korea. As you know, recently they has made

nuclear provocations again. So, that's why I'm

here. (정확히 말씀드리자면, 저는 북한을 연구하는 일을

해요. 아시다시피 최근에 북한이 또 핵 도발을 했기 때문

에 여기에 온 거죠.)

윤숙   노스 코리아? 북한?

남자   Yes. I know, this is 'South', not 'North'. That's

the limit of our research. (네, 알아요. 여긴 남한이죠.

북한이 아니라. 그게 우리 연구의 한계예요.)

윤숙   (반가워서) 마이 파더, 다운. 프롬 노스. 마더 투. 아이

워즈 쓰리.

남자   Oh, really? Did he defected from North? a

refugee? (오, 정말요? 아버지가 탈북한 건가요? 탈북민 이었나요?)

윤숙	레퓨…… 뭐?
남자	re-fu-gee. (탈-북-민.)
윤숙	그게 뭐야. 몰라, 아니야. 몰라요.
남자	Do you remember anything about North Korea? (북한에 대해 떠오르는 게 있나요?)
윤숙	노, 노. 아이 캔트 리멤버. 두 분 다 다이. 아이 워즈 피프틴.
남자	Oh. It must have been a hard time to you. I'm sorry for hear that. (오. 힘든 시간이었겠네요. 유감이에요.)
윤숙	……왜 그쪽이 쏘리를 해요?
남자	음?

직원이 나온다.

남자, 일어난다.

남자	Nice to talking to you. Have a nice day, madam. (대화 즐거웠어요. 좋은 하루 보내세요, 마담.)
윤숙	유 투. 바이.

남자가 데스크로 향한다.

윤숙   미스랬다가 마담이랬다가…….

4장

어느 오전.

데스크에 직원이 나와 있다.

윤숙, 책장에서 책을 고르고 있다.

윤과 김이 들어와 카페로 향한다.

청소부가 청소 카트를 타고 유유히 돌아다니며 청소를 하고 있다.

윤숙   저기요.

청소부   네?

윤숙   여기 책들 말예요, 이 책들 더 채워놓진 않나요?

청소부   글쎄요……. 한 번도 책이 새로 들어온단 소리는 못
         들었는데요.

윤숙, 책 한 권을 꺼내 보여준다.

윤숙   이것 좀 보세요. 여기 표지가 다 뜯어졌잖아요. 다들
         앞만 읽구선 아무렇게나 꽂아버리니까, 이렇게 너
         절해져서는…….

청소부	테이프로라도 고정해둘까요?
윤숙	(문득) 아뇨, 아녜요. 내가 괜한 사람한테. ……일하신 지 얼마나 됐어요, 그래?
청소부	저요? ……한 3개월쯤 됐으려나. 다른 곳에 있다가 계약 기간이 끝나서 이쪽으로 왔어요.
윤숙	원랜 어디서 일하셨는데?
청소부	대학이오.
윤숙	거기보다 여기가 나아요?
청소부	그럼요. 여기는 휴게실이라도 있잖아요. 대학에선 화장실에서 쉬어야 돼요. 또 화장실은 어찌나 더러운데요. 말도 못 해요. 애들이 등록금 뽑아야 된다면서 일부러 멀쩡한 휴지를 바닥에 버리고 그런다니까요.
윤숙	못된 것들. ……가만 보면 그런 걸 사람이 치운다는 걸 모르는 것 같아요. 그 간단한 걸 왜 몰라. 그럼 뭐, 유령이 와서 치우나?
청소부	누가 신경이나 쓰겠어요.

사이

청소부, 카트의 전원을 켠다.

윤숙	……그러게, 왜, 청소하다 보면 여기가…… 이 전체가 내 몸 같아지는 때가 오잖아요. 내가 쓸고 닦고 빛을 내니까. 조금이라도 더러우면 짜증이 막 나고. 다 내 거 같고. ……이게 뭐라고. 아무도 신경 안 쓰는데. 저절로 치워지나보다 하지…….
청소부	(농담인 줄 알고 웃는다.) 그렇죠, 뭐.
윤숙	여기가 원래 럭셔리 호텔이었던 거 알고 있었어요?
청소부	럭셔리하기는 하죠.
윤숙	아니, 이름 말이에요. 여기, 뢰상부르가 아니라 럭셔리였어요, 이름이.
청소부	그래요? 몰랐어요. 어떻게 아세요?
윤숙	나 여기 럭셔리 호텔일 때 청소부 했거든요.
청소부	(놀라서) 예에? 아니, 그러면 남편분이 보내주신 거예요?
윤숙	……누가 어딜 보내줘요?
청소부	여기, 비싸잖아요. 우리 월급으로는…….
윤숙	그거는, 옛날 일이니까요.
청소부	아이고, 참. 그렇구나. 지금은 무슨 일 하세요, 그래?
윤숙	그냥, 글 써요.
청소부	멋지시다! 잘나가시나 부네. 여기 호텔 오실 정도면.

사이

윤숙　　요즘에는…… 팬티 훔치고 그런 거 안 해요?

청소부　네?

윤숙　　아니, 난 젊었어서 그런가, 세탁물에서 몰래 팬티 훔
　　　　쳐다 가져가 입고 그랬거든요. 내가 훔쳤던 거는 검
　　　　은색 레이스 팬티였는데. 명품이었는지 실크로 되
　　　　어 있었어요. 우리가 뭐, 그런 팬티를 입을 기회가
　　　　있어야 말이지.

청소부　(어색하게 웃는다.) 그러면 큰일 나요. 바로 잘릴 거예
　　　　요.

윤숙　　(순진하게) 그때두 큰일은 큰일이었죠, 걸리면. 그래
　　　　도 그땐…… 그보다 큰일이 더 많았어요. 사람도 죽
　　　　어나가구.

청소부　여기서요? 그런 일이 있었어요?

윤숙　　그럼요. 그걸 내가 제일 먼저 발견했는데. 방 안에서
　　　　죽었더라구. 문고리에 목 매달고. 기댄 듯이 앉아서
　　　　죽어서, 그때 매니저가 문 따고 들어가는 데 애를 좀
　　　　먹었죠. 문을 딱 가로막고 앉아 있었으니까…….

청소부　아이구……. 그거 보고서 그만두셨겠다. 그걸 보고
　　　　어떻게 일을 해요?

윤숙	아녜요. 나 그러고도 3년을 더 일했어요. 그땐 그냥 그게 희한하드라구. 여기는 아무것도 안 하고 있어도 알아서 다 해주는 덴데, 여기 와서 자기 손으로 목숨을 끊었다는 게. 유서도 없었어요. 하고 싶은 말이 없었나? 그것도 희한하고.
청소부	아유, 저는 당장 그만뒀을 거예요. 끔찍해서…….
윤숙	(웃고) 끔찍하긴 했죠. 그거 청소하는 게. 애먼 시트며 침구며 카펫이며 다 벗겨서 갖다 버렸어요. 정작 그 사람은 정말 방을 깨끗하게 썼는데 말이에요. 어찌나 잘해놨던지, 꼭 자기 방처럼.
청소부	그게 몇 호였는지 기억나세요?
윤숙	에이, 그건 기억 안 나죠. (생각하다가 혼잣말처럼) 모르긴 몰라도 여기서 죽어 나간 사람 꽤 많을 거예요. 저기 보면 호텔 살인사건 소설도 있고 영화도 있고 그렇잖아요.
청소부	아이고, 무서워라.
윤숙	죽은 사람이 뭐가 무서워요? 산 사람이 더 무섭지.

사이

직원	키핑 매니저님?

청소부   (직원에게) 네에, 가요— (윤숙에게) 뭐 필요한 거 있으
　　　　　　시면 말씀하세요.

윤숙   네.

청소부, 직원에게 간다.

윤숙은 들고 있던 책을 다시 책장에 꽂아두고 노트를 꺼낸다.

윤숙, '무화과 나뭇잎이 마르고'를 흥얼거린다.

5장

같은 날, 잠시 후.

직원은 들어가고 매니저가 나와 있다.

윤숙이 책을 읽고 있다.

윤과 김이 카페에서 나온다.

두 사람, 곧장 옷장을 열어본다.

흰 드레스가 빼곡하게 차 있다.

김   여기 피팅룸도 있어?

윤   그냥 화장실에서 갈아입는 거 아닐까?

김   (옷장을 뒤적이며) 내가 봐놓은 거 어디 갔지…….

윤   뭐였지?

김   꽃 달려 있는 거. 이쪽에 크게.

윤   (같이 뒤져보다가) 물어보고 올게.

윤이 데스크로 간다.

윤숙, 그 모습을 매우 관심 있게 지켜보고 있다가

윤숙   뭐 찍어요?

김   네? 아, 웨딩 촬영이오.

윤숙   웨딩 촬영? 여기서요?

김   네. 여기 뒤에 정원이 예쁘거든요. 스튜디오처럼 해 놔서. 요즘 조금씩 입소문 타고 있어요.

윤숙   입소문도 타? (재미있다는 듯 웃다가 옷장을 보고) 어머. 정말로 드레스가 있네. (하나 꺼내 본다.) 예쁘다, 정말…….

김   여기 리마인드 웨딩 촬영 하러 오시는 분들도 많아요.

윤숙   리마인드 웨딩?

김   네. 그, 중년 부부들이 와서 옛날 추억 되새기면서 다시 한 번 결혼식 올리는 거예요.

윤숙   (웃으며 드레스를 몸에 대본다.) 나는 결혼 안 했는데.

김   정말요? 아예?

윤숙   응. 아예.

김   한 번도…… 아, 죄송해요.

윤숙   왜, 이 나이에 한 번도 안 했다니까 이상해요?

김   아뇨, 아뇨. 그게 아니라…… (쉼) 혹시 비혼을 결심하게 된 이유 같은 거 있으세요?

윤숙   나는 그런 거 결심한 적 없는데.

김   아…… 그럼 이유는 따로 없으신 거예요?

윤숙   (드레스를 다시 걸어놓고) 참…… 사람들은 그게 그
        렇게 궁금한가 봐. 그게 뭐 얼마나 중요한 일이라
        고…….

김   네? 아, 이런 질문 많이 받으셨죠. 보통은 이렇게 혼
        자 사시는 분이 드무니까…….

윤숙   보통은 엄마처럼 살고 싶지 않았는가 보다 하더라
        고. 틀린 말은 아닌 것 같아요. 내가 벌써 칠십이 넘
        었는데 이 나이 사람의 엄마라고 하면 뻔하지, 뭐.

김   네? 아주머니가 칠십이 넘으셨다고요? 아니, 전혀
        그렇게 안 보이시는데…….

윤숙   (김의 말을 안 듣고) 근데 내가 그거 때문에 결혼 안
        한 건 아녜요. 그래도 우리 아빤 엄마한테 잘해줬거
        든. 나한테도 잘했구. 난 그냥…… 아무것도 책임지
        고 싶지가 않았어요.

사이

윤숙   뭔가를 맺으면 책임을 져야 하잖아요. 그게 싫더라
        구요.

사이

윤숙 　(웃으며) 신랑은 어디 있어요, 그래?

김 　이거 싱글 웨딩이에요.

윤숙 　싱글 웨딩?

김 　결혼은 안 해도 드레스는 입어보고 싶잖아요. 결혼
식도 해보고 싶고. 그래서 혼자 결혼식 하는 거예요.
자기 자신이랑.

윤숙 　자기 자신이랑 결혼을?

김 　요즘에 그런 사람 많아요. 결혼 안 하면 이제껏 불려
다니며 축의금 낸 게 아까우니까. 아예 식장 잡고 사
람들 불러서 축의금 회수하고 파티 하는 거죠. (보다
가) 아주머니가 제 미래세요. 아니, 아주머니가 아니
라…….

윤숙 　그냥 편하게 불러요. 어차피 마땅히 부를 말도 없는
걸. (쉽) 멋지네, 파티. ……아가씨야 말로 왜 결혼을
안 하려고 그래요?

김 　저는 제가 편한 게 제일 중요하거든요.

윤숙 　몇 살인데요?

김 　저 서른넷이에요.

윤숙 　돈 많아요?

김	네?
윤숙	아니, 혼자 살려면 돈 많이 필요하니까. 돈 정말 많아야 해요.
김	하긴…….
윤숙	저 친구랑 같이 살지, 왜.
김	(웃고) 글쎄요. 별로 안 좋아할 것 같은데.

사이

윤숙	아이참. 갑자기 생각났는데, 저기 혹시 어답티드가 무슨 뜻인지 알아요?
김	어답티드요? ……입양되다?
윤숙	아아. 그게 그 뜻이었구나. 어쩐지. ……그 뭐더라. 리퓨즈는 뭔지 알아요?
김	리퓨즈요? (휴대폰을 꺼낸다.) 검색해볼까요? 스펠링 아세요?
윤숙	……아니, 그 말이 아니었던 것 같기도 하고. 아녜요, 그럴 거까진.

윤이 드레스를 들고 돌아온다.

가슴에 꽃으로 된 프릴이 달려 있는 민소매 드레스다.

김   어, 뭐야. 그게 왜 거기서 나와?

윤   며칠 전에 누가 입고 반납했대. 이거 인기 많은가
           봐.

김   아, 역시 내 탁월한 안목.

윤   (윤숙을 보고, 김에게) 누구⋯⋯셔?

김   아, 여기 앉아 계시던⋯⋯. (윤숙에게) 투숙객이시죠?

윤숙   (웃으며) 네. 신경 쓰지 말고 하던 거 해요.

사이

윤   화장실에서 입어야 된대.

김   알았어. 갔다 올게.

김, 나간다.

윤숙과 윤만 남는다.

윤, 어색한 듯 의자를 끌어다 앉은 다음 사진기를 다시 한 번 살핀다.

윤숙   카메라 좋네. 사진 공부 해요?

윤   아, 네⋯⋯. 했었어요, 대학에서.

윤숙   친구 사이예요?

윤	네. 10년 넘었어요. 저랑 제일 친해요.
윤숙	어쩐지. 애정이 있으면 있을수록 잘 찍는다던데. 애정이 깊어 보이네.
윤	……그런가요.
윤숙	카메라가 곧 눈이라잖아요. 사진 찍는 거, 재밌어요? 직업이에요?
윤	직업은 아니에요. 저는 그냥, 회사 다녀요. 사진 잘 찍는 사람은 워낙 많으니까.
윤숙	(웃고) 그래도 그렇게 찍는 사람은 아가씨밖에 없을 텐데. (쉼) 친구가 혼자 결혼하는 거 보니까 어때요?
윤	아, 그냥…… 뭐. 대단하고 멋있다고 생각해요. 저는 아직 아무 결정도 못 했으니까. (사진을 넘겨 확인하며) 쟨 항상 저보다 멋있었어요. 딱딱 결정도 잘하고……. 저는 뭔가 선택을 잘 못하거든요. 둘 다 별로거나 둘 다 괜찮아 보여서. ……말도 잘해요. 아무것도 아닌 일도 쟤가 말하면 그럴싸해져요.
윤숙	……엄청 좋아하는구나, 친구를. (쉼) 아가씨는 결혼하고 싶어요?
윤	하고는 싶은데…….
윤숙	싶은데?
윤	……아니에요.

윤숙   그러면 둘이 같이 살지. 각자 혼자 사는 거보단 낫잖
         아요. 생활비도 반반 내고…….

사이

윤숙   (익숙하게) 내가 너무 오지랖 넓죠?

윤   아, 아니에요. 그런 게 아니라…….

윤숙   아가씨들은 불편하지. 나이 많은 사람이 말 걸면.

윤   제가 그 나잇대 분들이랑 대화를 낳이 해본 석이 없
         어서…….

윤숙   (농담조로) 나 그래도 아가씨네 어머니랑 그렇게 차
         이 많이 안 나는데.

윤   죄송해요, 제가 어머니가 안 계셔서.

사이

윤숙   ……저, 미안해요.

윤   아, 아니에요. 제가 괜히…….

윤숙   아니에요. 중요한 사진인데 집중해서 찍어야지. 카
         메라에 내가 걸리면 안 되잖아.

윤숙, 일어난다.

김, 드레스를 입고 나타난다.

윤숙, 그 아름다움에 잠시 멈춰 있다.

| 윤숙 | (동시에) 예쁘네. |
| 윤 | (동시에) 예쁘네. |

윤숙, 윤을 한 번 쳐다본다.

윤숙이 김의 어깨를 어루만지며

윤숙	사진 예쁘게 잘 찍어요.
김	가시게요?
윤숙	응, 나 저기 방에 볼일이 있어서. (두 사람을 보다가) 둘이, 참 잘 어울려요.
윤	네?
윤숙	(김에게) 결혼 축하해요.
김	감사합니다!

윤숙, 두 사람을 향해 손을 흔들고 계단을 올라간다.

윤과 김, 윤숙을 쳐다보다가 정원으로 나간다.

계단을 오르던 윤숙이 뒤를 돌아본 뒤 마저 올라가 무대에서 사라진다.

정원에서 윤과 김의 웃음소리가 들린다.

매니저가 청소부를 부른다.

매니저 키핑 매니저님.

청소부 네?

매니저 혹시 704호 청소하셨어요?

청소부 704호요? (리스트를 꺼낸다.) 704호⋯⋯. 아뇨, 오늘
       아침엔 방해 금지 걸려 있길래. 그젠가는 한번 싹 청
       소했어요.

매니저 안에 어땠어요?

청소부 그냥 뭐⋯⋯ 깔끔했어요. 칫솔도 일회용 안 쓰고 자
       기 칫솔 갖다 걸어놓고.

매니저 그래요?

청소부 진짜 자기 집처럼 관리하는가 보더라구요. 필요하
       면 부르시겠죠.

사이

매니저 여사님. (쉼) 고객님이 필요로 하기 전에 찾아가는
       게 서비스 아닙니까?

청소부 예? 아⋯⋯.

매니저	호텔 명성이라는 게…… 시설도 시설이지만 결국 서비스 문제거든요. 여사님이 잘해주셔야지 저희 면도 서는 거예요.
청소부	예에…….
매니저	고급 호텔에서 일하는 사람은 서비스도 고급이어야 한다고 봐요, 저는.
청소부	…….
매니저	혹시 뭐 방에 들어가도 될지 모르겠다, 이런 상황이면 저한테 먼저 물어보시고요. 제 번호 아시죠?
청소부	네.

매니저의 휴대폰이 울린다.

매니저	그럼 가보세요.
청소부	네.
매니저	(전화를 받으며) 아, 예. 여사님. 저 근무 중……. 예? 왜요?

매니저, 전화를 받으며 안으로 들어간다.
청소부는 다시 카트를 타고 돌아다니다 사라진다.
곧 외출 채비를 마친 매니저가 나오고, 직원이 뒤따라 나온다.

직원　　　많이 급하신 거예요?

매니저　　어, 미안하다. 와이프 상태가 안 좋대.

직원　　　어떡해.

매니저　　내 생각엔 간병인이 문제야. 시집 보내놓은 딸도 있
　　　　　대고 그래서 와이프도 잘 봐줄 줄 알았는데 엄청 대
　　　　　충하는 거 같더라고. 걘 완전 애라서 매시간 약 잘
　　　　　먹었는지 체크해줘야 겨우 챙겨 먹는데.

직원　　　아무래도 남이니까……. 간병인 쓰시는 줄 놀랐어
　　　　　요.

매니저　　어떡하냐, 그럼. 장모님이 안 계신데. 나는 일해야
　　　　　하고……. 우리 엄마는 들여다도 안 봐. 그러게 그런
　　　　　애랑 결혼하지 말랬지 않느냐는 말만 하고. 나도 아
　　　　　주 미치겠다.

직원　　　원래도 몸이 안 좋으셨어요?

매니저　　응. 심장 판막 쪽이……. 됐다, 말해서 뭐 하냐. 알면
　　　　　서도 결혼한 내 잘못이지.

직원　　　힘드시겠어요. 병원 좀만 왔다 갔다 해도 기운 빠지
　　　　　는데……. 마음도 졸이고.

매니저　　주변에 누구 아픈 사람 있어?

직원　　　아, 저희 뽀리요. 열네 살이라…….

사이

매니저	너 키우는 개?
직원	네.
매니저	이게…… 그거랑 같냐.

사이

매니저　하긴……. 그래, 하다못해 개도 입양할 때 건강 검
　　　　진 받는데……. 내가 미쳤지. (사이) 가볼게. (목소리
　　　　를 낮춰서) 여사님한테 푸시 좀 해. 누가 시키지 않으
　　　　면 안 하는 거 같더라. 아까 보니까 저기서 그 손님
　　　　이랑 떠들고 있던데. 왜들 그러는지 이해가 안 된다,
　　　　나는.

직원　　제가 잘 말해볼게요.

매니저　말은 내가 했고, 너는 체크만 제대로 해줘. (생각하다
　　　　가) 너도 데스크 좀 비우지 말고 있어.

직원　　네……. 아내분 괜찮으시길 바랄게요.

매니저　고맙다. 내일 보자.

직원　　조심히 가세요.

매니저, 나간다.

직원, 데스크 앞에 서서 텅 빈 로비를 쳐다보다가 휴대폰을 꺼낸다.

동영상 속 개 짖는 소리가 희미하게 들린다.

6장

밤.

화려한 조명이 꺼지고 은은한 불빛만 남은 로비에 윤숙이 앉아 있다.

윤숙   (노트에 쓰며) 암흑 속에서 여자는 문득 호텔에서 벌이는 이 정체불명의 파티에 유령들도 초대해야겠다고 생각했다. 산 사람이 있어야 죽은 사람도 있으니까. 이 건물을 짓다 떨어져 죽은 사람이거나 여길 쓸고 닦다가 고꾸라진 청소부거나 이 호텔에서 목을 매 자살한 사람이거나, 하여간 자신을 알거나 모르는 모든 사람은 기실 여자에게 유령이나 다름없었으니 그게 그것인 양 느껴졌다. 여자는 그래서 유령에게도 빠짐없이 초대장을 쓰기로 했다. 수취인불명의 초대. 누구든 좋으니 오기만 하라는, 한껏 부푼 자비심이었다. 누구든 머물기만 해보라지. 가리지 않고 이야길 나눌 테니. 해가 밝아 오자 여자는 초대장을 마저 쓰고 그 초대장을 우체통에 전부 밀어 넣은 뒤 드레스를 고르기 시작했다. 어울리는 드레스

가 하나도 없었다. 도대체 이게 어울리는 사람이 존
재하긴 할까. 수수한 드레스는 드레스 같지가 않고
너무 화려하면 또 지나친 행색 같으니 도저히 뭘 입
어야 할지 알 수 없었다. 게다가 하나같이 딱 달라붙
고 작아서 울룩불룩한 살이 다 튀어나와 보였다. 그
래도 여자는 개중에 가장 무난한 흰 드레스를 하나
골라다 입었다. 태가 나진 않았지만 그럭저럭 삿춰
입은 모양이어서 그런대로 만족스러웠다. 여자는
거울을 보며 세상의 많은 부자들의 이야기를 떠올
렸다. 많은 돈 때문에 종국에는 불행해지고 마는 가
엾은 부자들의 이야기. 하지만 『위대한 개츠비』 같
은 이야기는 그저 가난한 사람의 망상이고 속임수
였다. 돈보다 소중한 게 있다고 믿고 싶은 사람들의
거짓말들. 그러나 그것들은 돈 얘기가 아니라 그저
누군가를 초대하는 데 실패한 이야기에 불과했다.
부르고 싶은 사람들만 끝까지 오지 않는, 망해버린
파티 이야기에 다름 아니었다. 그러니 장소다운 장
소를 가져본 적이 없는 가난한 사람들은 영영 알 수
가 없는 것이다. 초대라는 것이 무엇인지, 환대라는
것은 또 무엇인지. 어떻게 해야 자신이 누군가를 부
를 만한 장소를 가질 수 있는 건지. 이런 곳을 통째

로 갖지 못하는 사람들은 당연히 누군가를 불러 먹일 줄을 모른다. 여자는 새삼 그런 사람들이 가엾게 느껴졌다.

7장

일요일 오전.

어디선가 희미하게 찬송가가 들린다.

윤숙은 늘 앉는 자리에 앉아 글을 쓰다가 창문을 바라보며 찬송가를 따라 흥얼거린다.

그때 호텔 로비로 교인이 들어온다.

평범한 행색에 전단지 뭉치를 들고 있다.

교인   (직원에게) 이거 여기 호텔에다 비치해도 되죠?

직원   네?

교인   (보여주며) 이거. 바로 옆 교회에서 하는 행사 때문에요.

직원   아…… 종교적인 홍보물은 좀…….

교인   (말을 끊고) 전도지 아니에요. 다음 주에 박윤세 목사님이 오셔서 추모 기도회를 하는데 그거 관련한 거예요. 보세요.

직원   (곤란해하며) 그게…….

교인   여기 놔두기만 하는 건데도 문제가 돼요?

직원   저기, 고객님…….

교인   가져갈 사람 가져가고 안 가져갈 사람 안 가져가면
            되는 건데, 왜 안 된다고 그래요?

윤숙   저기요.

직원과 교인이 윤숙을 본다.

윤숙   추모 기도회를 해요? 요 옆에서?

교인, 바로 윤숙에게 다가간다.

직원, 안도한다.

교인   (전단지를 건네며) 네. 다음 주 주일에 해요.

윤숙   어쩐지 계속 노래가 들리더라. (전단지를 받아들고)
            무슨 추모 기도회를 해요?

교인   아주 의미 깊어요. 우리 교회 다니는 교인들이랑 그
            이웃들, 가까이에 계셨는데 천국에 간 모든 사람을
            위해서 기도하는 거예요. 박윤세 목사님이 오세요.

윤숙   박윤세 목사님이 누군데요?

교인   거기 써 있어요. 아주 훌륭하신 분이에요. 항상 많은
            이를 위해서 기도해주시고…….

윤숙   (전단지를 보며) '순교자들을 위한 집회'?

교인   교회 다니세요?

윤숙   아뇨.

교인   아주머니, 천국 가고 싶지 않으세요?

윤숙   글쎄…… 천국이 있다고는 생각 안 해봤는데.

교인   큰일 날 말씀 하시네. (앉는다.) 너무 늦었다 생각 마
        시고 지금부터라도 믿으세요.

사이

윤숙   저기…… 옆에서 계속 찬송가가 들리던데. 무화과
        가 어쩌고.

교인   '무화과 나뭇잎이 마르고'라는 찬송가예요. 요즘 청
        년부 애들이 그걸로 워십하거든요.

윤숙   (전단지를 뒤적이며) 아아. 내가 무화과를 좋아해서
        그런가, 자꾸 귀에 들리더라구요.

교인   가사 다 아세요?

윤숙   아뇨, 그냥 너머로 들은 거라…….

교인   그 찬송가는 열매 맺음에 대한 이야기예요. 하나님
        이 바라시는 열매는요, 죄인인 우리가 진짜로 회개
        하지 않으면 절대로 맺을 수가 없어요. 예수님은 우

리가 죄의 열매가 아니라 회개의 열매를 맺으면서
살아가기를 바라세요.

윤숙   그게 그런 내용이라구요?

교인   네. 예수님이, 무화과나무 잎사귀가 무성한 걸 보고
다가갔더니 꽃도 열매도 없어서 이 나무는 사람을
속이는 나무라고 저주를 내렸다고 성경에 쓰여 있
어요. 그처럼 저희도 열매 맺지 못하는 무화과나무
라면 베어버림이 마땅하다는 거죠.

윤숙   아니, 그런…….

교인   선악과 아시죠?

윤숙   네.

교인   그것도 무화과예요. 요망한 거죠. 아담과 이브가 에
덴에서 도망칠 때 옷처럼 만들어 입은 것도 무화과
나뭇잎이고.

윤숙   아니, 자기들이 속아놓고서는……. 무화과가 얼마나
생명력이 질긴데 거기다 저주를 내려요? 오죽하면
무화과나무는 도끼자루로 3년을 묵혀도 거기서 뿌
리가 난다고들…….

교인   아주머니.

윤숙   네?

교인   오세요, 기도회. 좋은 말씀 많이 들으실 수 있어요.

윤숙   나는 여기 죽은 사람들이랑 연고도 없는데.

교인   아주머니도 주변에 돌아가신 분들 계실 거 아니에
           요?

윤숙   그건 그렇죠, 내가 나이가 있으니까…….

교인   (전단지를 가리키며) 여기 사람들뿐만 아니라 그분들
           까지 천국 가시라고 빌어주는 자리예요. 앞서간 사
           람들이 길을 만들어줘야 손잡고 천국으로 같이 가
           죠. 그래야 나중에 만나죠.

사이

윤숙   ……그쪽도 빌어요?

교인   네?

윤숙   그쪽도…… 천국에 꼭 갔으면 하는 사람이 있느냐
           구, 주변에.

교인   없으면…… 제가 왜 이러고 있겠어요? (쉼) 누구보
           다 천국을 간절히 바라는 사람이에요, 제가.

윤숙   누가 그렇게 꼭 갔으면 좋겠어요?

교인   제 딸요.

윤숙   …….

교인   저는 천국이 있다고 믿어야 하는 사람이에요. (전단

　지를 짚으며) 여기 보이시죠? 김설희. 얘가 우리 애예

　요. 우리 앨 위해서라도 오셔서 같이 기도해주세요.

사이

교인, 일어난다.

교인　　　아무튼 꼭 오세요. 후회하지 마시고.

교인, 데스크로 가서 전단지 뭉치를 올려둔다.

직원　　　아니 고객님, 이거 여기다 두시면…….

교인　　　서로 돕고 좀 살아요.

직원　　　…….

교인　　　고맙습니다.

교인, 나간다.

직원, 전단지를 들고 들어간다.

윤숙, 그 모습을 보다가 무언가를 쓰기 시작한다.

남자가 캐리어를 끌고 내려온다.

남자　　　(직원을 찾다가 윤숙에게) Excuse me, Is there anyone

at the desk? (실례합니다. 데스크에 아무도 없나요?)

윤숙   (실눈을 뜨고 남자를 보다가) 아아. 아메리칸 걔구나. (고개를 끄덕이며) 지금 없어요. 잠시. 웨잇. 체크아 웃?

남자   Yes. I'm out today. (네. 저는 오늘 나가요.)

윤숙   컴백 투 아메리카?

남자   Yes.

윤숙   나, 물어볼 거 있어요.

남자   Okay. What?

윤숙   음. 유…… 돈 츄…… 어, 파인드, 코리안 페어런츠?

남자   Korean parents? (한국 부모님이오?)

윤숙   예스. 입양됐다고 했잖아요. 부모님 찾아야지. 살아 계실 때. 걱정이 돼서 그래요. 파인드 코리안 페어런 츠 이즈 임폴턴트. 비코즈 유 어답티드.

사이

남자   God, you are so rude. (맙소사, 당신 정말 무례하네 요.)

윤숙   응?

남자   (혼잣말처럼) Why does every korean ask me

that same-stupid question? What's up with
that? (왜 만나는 한국인마다 이딴 멍청한 질문을 하는
거지? 뭐가 문제야?)

윤숙   아니, 좀 천천히 말해봐요. 와이 낫 파인드 페어런
츠?

남자   I'm not Korean, but American. I've already
told you that my parents are in the US. It
doesn't matter who my biological parents are.
······especially to you. I just want to focus on
my current family. Okay? No more questions,
please. (전 한국인이 아니라 미국인이에요. 말씀 드렸지
만 제 가족은 미국에 있어요. 생물학적인 부모는 아무런
관련이 없죠. ······특히 당신한테는. 저는 제 지금 가족에
충실하고 싶어요. 그러니 그 질문은 그만하세요.)

윤숙   왜 이렇게······ 아니, 저, 나는 후회를 많이 해서 그
래요. 상황은 다르지만. 비슷하잖아요. 나도 세 살
때 부모님 따라서······ 이걸 영어로 뭐라 그래. ···답
답해 죽겠네.

남자   ······You don't even understand what I'm
saying. And I can't understand you, either. (······
당신은 지금 내 말을 알아듣지도 못하잖아요. 그리고 나

역시도 당신 말을 알아듣지 못하고요.) How can we have…… 'a conversation' with this personal matter? How? (우리가 어떻게…… 이런 사적인 문제로 '대화'를 할 수 있겠어요? 어떻게?)

윤숙 (당황해서) ……왜 화를 내는 거예요?

남자 Because that's not a question you can ask. I'm sick of these. (왜냐면 그건 당신이 내게 할 수 있는 질문이 아니니까요. 난 그 질문들이 지겨워요.)

윤숙 난 그냥…… 쏘리. ……쏘리.

남자 ……I apologize for being aggressive. Please understand me. (……공격적으로 말한 건 미안해요. 이해해주세요.) 만나서…… 반가웠습니다.

마침 직원이 나온다.

남자, 윤숙에게 꾸벅 인사를 하고 직원에게로 간다.

남자가 체크아웃을 하는 동안 윤숙은 얼이 빠진 채 앉아 있다.

남자가 떠나고 긴 침묵이 흐른다.

직원, 윤숙에게 다가간다.

직원 고객님, 오늘 라운지 바에서 석식 드시는 투숙객 대상으로 무화과 클라푸티 무료로 제공하고 있습니다.

윤숙   …….

직원   셰프님께 전에 말씀해주신 사항 전달했으니까 이번
         에는 만족스러운 식사 되실 거예요. 장기 투숙하고
         계셔서 계산 시 이 쿠폰 보여주시면 20% 할인되십
         니다.

윤숙, 직원이 건네는 쿠폰을 쳐다보다가 받아든다.

직원   라운지 바 예약 도와드릴까요?

윤숙   저기.

직원   네, 고객님.

윤숙   ……먼저 말 걸어줘서 고마워요.

직원   네?

윤숙, 가만히 일어나 계단을 올라간다.

직원, 잠시 어리둥절한 표정으로 서 있다.

사이

직원   (큰 소리로) 도움이 필요하시면 언제든 전화 주세요!

매니저   (급히 나와서) 야, 야.

직원   네?

매니저	2층에서 미팅 중이야. 왜 소리는 지르고 그래. 할 말 있으면 객실로 전화를 걸어.
직원	아, 죄송해요.
매니저	프로모션 결재 올렸어?
직원	아직⋯⋯.
매니저	(짜증스럽게) 들어와, 빨리.

직원과 매니저, 들어간다.

8장

다음 날 저녁.

윤과 김이 들어온다.

윤, 들어오자마자 직원에게 다가간다.

고급 원피스 차림의 김이 그 뒤를 따른다.

윤   혹시 호텔 로비에서 잠깐 사진만 좀 찍어도 되나요?

직원   아, 저희는 야외 스튜디오 렌트를 따로 도와드리고
           있어서 그건 좀 어렵습니다, 고객님.

김   저희 며칠 전에 여기 스튜디오 렌트 세 시간이나 했
           는데.

직원   네?

김   사진을 생각보다 많이 못 건져서 그래요. 그냥 해주
           시면 안 돼요?

윤   (김에게) 야…….

직원   아……. 잠시만요, 고객님.

직원, 뒤돌아서 안쪽에 있는 매니저에게 뭔가를 얘기한다.

다시 돌아서서는

직원	얼마나 찍으세요?
김	(윤에게) 우리 얼마나 찍어?
윤	한…… 30분?
직원	최대한 통행에 방해되지 않게 부탁드립니다.
김	네에— 감사해요.

윤, 김에게 손짓한다.

김, 계단에 올라 포즈를 취한다.

직원, 안쪽으로 들어간다.

윤	손을 난간에 올려봐.
김	이렇게?
윤	응. (사진을 몇 컷 찍는다.) 앉아봐.
김	(윤이 시키는 대로 한다.) 오른쪽 볼까?
윤	고개를 좀 더 밑으로 내려봐.

윤, 성심성의껏 사진을 찍는다.

김	근데.

윤   응.

김   여기 있던 그 아줌마 기억나? 혼자 로비에 앉아 있
       던.

윤   (사진을 찍으며) ……응. 턱 조금만 내려, 아니 너무
       내렸어.

김   (셔터 소리 사이사이에) 좀 안쓰러워 보이지 않았어?

윤   뭐가? (계속 찍는다.)

김   ……그냥. 너네 아줌마 생각이 나서 그랬나.

윤   그 얘기 하지 말자.

김   왜?

윤   그냥.

김   엄마 생각 나?

윤, 사진 찍는 걸 멈춘다.

그와 거의 동시에 윤숙이 계단을 내려오다가 멈춘다.

윤숙은 노트와 무화과가 담긴 통을 들고 있다.

윤, 카메라를 내린다.

윤숙   어. (쉼) 싱글 웨딩 그 아가씨들이네.

김   아줌마, 안녕하세요. 아직 계시네요?

윤숙   응, 좀 오래 예약했거든요.

김   저희 어제 사진 찍은 거 많이 못 건져서 좀 더 찍으

    려고 다시 왔어요.

윤숙 어떻게 찍어도 예쁘게 잘 나올 거 같은데. 모델이 좋

    아서. (웃으며) 내가 방에만 있으니까 답답해서 매번

    이렇게 나와요. 나 지나갈게요.

윤숙, 그들을 지나쳐 카페테리아로 간다.

책장을 살피다가 책 한 권을 꺼내들고 의자에 앉는 윤숙.

책과 노트를 펼쳐두곤 통을 열어 무화과를 꺼내 먹는다.

윤, 다시 사진을 찍기 시작한다.

윤   이제 일어나볼까?

김   아줌마 얘기 꺼내서 미안. (사이) 화났어?

윤   아니.

김   일부러 그런 거 아니야.

윤   알아.

김   화난 거 같은데.

윤   아니라니까.

김   니가 그런 표정을 지으니까 못 웃겠잖아.

사이

김, 일어선다.

김   너무 어색해.

윤   위쪽 좀 봐봐. 손은 내리고.

사진 찍는 소리.

윤숙은 글을 쓰며 이따금 그들을 구경한다.

잠시 뒤 엘리베이터 멈추는 소리가 들리고 한 중년 남자가 가방을 들고 등장한다.

체크아웃을 하려는 듯, 데스크에 서서 주머니를 뒤지면서 김과 윤을 빤히 쳐다본다.

윤숙이 그 모습을 보고 있다.

김과 윤, 중년 남자를 의식한다.

윤, 몇 장 더 찍다가

윤   (불편한 듯) 우리 그냥 호텔 앞에 나가서 찍을까? 조명 예쁘던데.

김   사진은 잘 나왔어?

윤   응. 이 정도면 충분한 거 같아. (보여준다.)

김   (보다가) 그러면 그러자. 밤에 호텔 온 것처럼.

윤과 김, 계단을 내려와 호텔 출입구 쪽으로 향한다.

윤숙이 그들을 붙잡는다.

윤숙   가요?

김   아뇨, 저희 이제 바깥에서 호텔 온 것처럼 해서 찍으
              려구요. 멋있게.

윤숙   귀여워라. (안심한 듯 웃는다.) 이거 좀 먹을래요?

김   와, 감사합니다! 이게 뭐예요?

윤숙   응? 몰라요? 이거 무화관데. 날ㅗ 맛있어요.

김   대박. 저 생 무화과는 처음 봐요. 디저트 위에 올라
              간 건 봤는데.

윤숙   생으로 먹는 게 더 맛있던데, 나는. 먹어봐요.

김, 냉큼 무화과를 받아먹는다.

윤은 먹지 않는다.

김   맛있다. (우물거리며) 아줌마, 심심하시면 오셔서 구
              경하세요. 이 앞에 있을 거예요.

윤   (얼른) 네, 진짜 그러셔도 돼요.

윤숙   (웃고) 알았어요. 나 신경 쓰지 말고 해요.

두 사람, 바깥으로 나간다.

중년 남자, 데스크 앞에서 직원을 찾는 종을 땡땡 울린다.

곧 직원이 나온다.

직원   어떻게 도와드릴까요?

중년   체크아웃 좀 해줘.

직원   아, 네. 객실 키 반납 부탁드립니다.

중년 남자, 카드 키를 건넨다.

직원   811호 결제 도와드리겠습니다. 2박 3일에 체크아
               웃 시간 추가 요금 하시고 부가세 별도 포함하셔
               서…… 60만 5,000원입니다.

중년   (신용카드를 건네준다.) 일시불로 해줘요.

중년 남자, 시선을 돌리다가 윤숙을 본다.

윤숙, 줄곧 중년 남자를 쳐다보고 있다가 눈이 마주치자 시선을 피한다.

청소부가 나타나 카트로 이곳저곳을 닦는다.

직원   (신용카드를 건네며) 감사합니다. 또 이용해주십시오.

카드를 받아 지갑에 넣는 내내 윤숙을 쳐다보던 중년 남자가 짐을 들고
윤숙에게 다가간다.

얼른 노트를 숨기는 윤숙.

중년   아직도 나와 있어요, 그래?

윤숙   네? ……아, 네에.

중년   며칠째 머무는 거예요?

윤숙   (시선을 피하며) 좀 됐어요.

중년   내가 왔다 갔다 하면서 아줌마 몇 번 봤어든. (무화과
        통을 본다.) 여기서 뭐 해요?

윤숙   그냥 방에만 있으면 심심해서…… 오가는 사람들
        구경도 하고…….

중년   남편은?

윤숙   ……없어요, 남편.

중년   (의자를 끌어다 윤숙 가까이에 앉는다.) 왜 없어? 결혼
        안 했어요?

윤숙   (불편한 기색) 네.

중년   한 번 갔다 온 거죠?

윤숙   네?

중년   이혼했냐고.

윤숙   아뇨. 아예 결혼을 안 했어요.

중년   아니, 왜?

윤숙   ……그냥, 뭐 어쩌다 보니까…….

중년   몇 살이신데?

윤숙   ……먹을 만큼 먹었어요.

중년   야, 캐릭터 특이하네. (호기심이 인 듯) 호텔엔 뭐 하러 왔어요?

윤숙   ……평생소원이어서요. 돈을 모았어요.

중년   평생소원이 참 소박하시네. 근데 왜 맨날 로비에 나와 있어요? 묵고 싶으면 안에 있지.

사이

중년   그래서, 뭐 해요?

윤숙   네?

중년   뭐 하는 분이시냐고.

윤숙   ……저요? 그냥…… 글 써요.

중년   글? 무슨 글. 소설?

윤숙   ……네.

중년   아아, 그럼 여긴 호텔 관련한 소설 쓰려고 자료 조사차?

윤숙   예에.

중년   이제야 좀 이해가 되네. 맨날 나와 있는 게.

윤숙   …….

중년   (무화과를 보고) 먹어도 되죠?

윤숙   아, 네. 드세요…….

중년 남자, 통에서 무화과를 함부로 집어 입에 넣는다.

윤숙은 물끄러미 그 모습을 보고만 있다.

중년   (무화과를 삼키고) 나는 한 번 갔다 왔어요.

윤숙   어딜요? ……아.

중년   지금은 저 뭐야, 카지노 사업 하고. 송도 알죠? 송도
에 카지노 들어올 거거든. 외국인 상대로. (우쭐대며)
영어 좀 해요?

윤숙   ……아뇨, 그냥 몇 마디…….

중년   (의외다.) 어유, 그래도 공부 좀 하셨나 봐?

윤숙   내가 여기 88올림픽 할 때 청소부 했으니까요.

중년   여기서?

윤숙   네. 11년 동안이오.

중년   그렇게 오래된 호텔이든가, 이게?

윤숙   리모델링 싹 했죠. 그땐 이름도 촌스러웠어요.

중년   아니, 근데 청소부 뽑을 때도 외국어가 필요하나?

윤숙	내가 외국인들한테 말도 잘 못하면서 이래저래 말 걸고 그랬어요. 심심해서.
중년	지금도 심심해요?
윤숙	그냥, 뭐…….
중년	나이가 어떻게 되신다 그랬지? 아까 물어봤나?
윤숙	……그쪽보단 무조건 많아요.
중년	아유, 왜 이러셔. 나도 먹을 만큼 먹었는데.
윤숙	내가 더 먹었어요.
중년	전혀 그렇게 안 보이는데? 시집을 안 가서 그런가.
윤숙	…….
중년	손이 참 예쁘시네. 고와요.
윤숙	(반사적으로 감춘다.) 고마워요.
중년	혼자 살면서 소설 쓰기 힘들지 않아요? 결혼도 안 했다면서. 좀 잘나가나 봐요?
윤숙	……이름나야 소설간가요, 뭐. 지금 쓰는 게 중요하지…….
중년	(무화과 통을 툭 치고) 질리네, 좀 먹으니까.

윤숙, 책을 만지작거린다.

중년	(윤숙이 경계한다는 걸 뒤늦게 알아차리고) 에이, 그러

지 맙시다. 다 늙은 처지에. 우리가 뭐 십대 이십대
도 아니고…… 가릴 거 뭐 있어요? 둘 다 혼잔데.

사이

중년   응?

윤숙   ……뭐요.

중년   뭐 얘기 좀 더 해봐요. 나도 심심한데.

윤숙   ……내가 무슨 자판기예요? 얘기해달라 그러면 뚝
        내뱉게…….

중년   (크게 웃는다.) 아, 참 캐릭터 특이해. 지금 쓰는 소설
        은 뭔 내용이에요, 그래?

윤숙   그냥……. 어떤 여자 얘긴데, 파티를 준비하는…….

중년   파티를 준비하는데? 살인이 일어나요?

윤숙   (놀라서 손사래를 치며) 아뇨. 그런 거 안 일어나요.

중년   에이, 잘 팔리려면 추리소설 이런 걸 해야지. 호텔
        배경이면 살인도 좀 나고, 불도 좀 나고, 사람들 와
        아아 하고 도망 다니고 그런 거. 그런 게 재밌지. 우
        리가 읽고 큰 게 다 그런 거 아뇨. 저 뭐야, 외국소설
        있잖아.

윤숙   ……죽은 사람 본 적 있어요?

중년   아, 봤지. 옛날에. 나 군에 있을 때. 내가 헌병대에 있
　　　　었거든. 전방 5군단 사령부 소속으로. 저, 한탄강이
　　　　라고 알아요? 거기 강가에서 목재 채취하고 그랬거
　　　　든, 군인들이 그때 당시에. 물이 허리까지 오는데 물
　　　　살이 엄청 세요. 근데 어떤 놈이 물에 들어갔다가 휩
　　　　쓸린 거야. 신고가 들어와서 사흘 밤낮으로 뒤졌지.
　　　　결국 찾았어요. 한여름에. 건져보니 엎드린 채 둥둥
　　　　떠서 군용 빤쓰만 입고 있었는데 몸이 퉁퉁 불어서,
　　　　그 빤쓰 바깥으로 살이 넘치더라니까. 막대기로 어
　　　　깨 쪽을 눌러서 뒤집어보는데 여기, 이 팔꿈치 위에
　　　　근육 있죠. 거기 살이 글쎄 무슨 묵처럼 그냥 무너지
　　　　더라고. (무화과를 집어 장난스레 누르며) 이것처럼 물
　　　　컹했다니까?

사이

중년   내 얘기 가져다 써도 돼요. 나도 참 우여곡절 많았
　　　　거든. 저, 딴 거는, 내가 언제 한번 차를 몰고 가는
　　　　데······.

윤숙   ······사람 죽는 건 하나도 재미없어요.

중년   심성이 여리시구나. 그래, 그럼 뭐, 무협소설 이런

거는?

윤숙　그것도 재미없어요.

중년　로맨스소설은?

윤숙　…….

중년　아니, 그럼 뭐가 재밌어요?

윤숙　……사소한 거요. 아무도 안 궁금한 얘기요.

중년　그런 얘길 누가 사요?

윤숙　상관 안 해요. 그런 게 더 중요하니까.

사이

중년　먹고사는 건 안 중요한가?

윤숙　…….

중년　나도 뭐, 음악 하는 놈 그림 그리는 놈 조각하는 놈 다양하게 만나봤지만, 하여튼 예술 하는 사람들은 뭔가 특이해. 이 사고 체계가. 얘기하다 보면 같은 세계에 사는 사람이 맞나 싶을 정도라니까. 어디 뭐 혼자 둥둥 떠다니는 사람들 같아요. 젊을 때야 그래도 되지만은 나이 먹고도 그러면 욕먹기 딱 좋은 건데. 그러니까 어디 다들 산에 들어가고 난리지. 뭐에 홀린 사람들처럼.

윤숙	……왜 그런 식으로 말씀을 해요? 뭘 아신다고.
중년	눈빛만 봐도 알아요. 지금도 봐요, 호의를 갖고 다가 온 사람한테 그쪽이 대하는 태도가, 응? 글 쓴다는 사람이. 틱틱거리고. 까칠하게 굴고.
윤숙	……먼저 다가와 달라고 한 적 없잖아요.
중년	이봐, 대화가 안 되잖아, 대화가. 그 얘기가 아니지 않습니까, 참. (혀를 찬다.) 왜 시집 못 갔는지 알겠네. (손목시계를 보고는) 가봅니다.

중년 남자, 나간다.

윤숙, 헛웃음을 흘린다.

숨겼던 노트를 다시 꺼내 바라보고만 있는 윤숙.

데스크 안쪽에서 희미하게 매니저의 휴대폰 벨소리가 들렸다 멈춘다.

오랜 정적.

매니저, 급하게 호텔 밖으로 나가면서 윤숙을 향해 인사한다.

윤숙, 어설프게 인사를 받는다.

잠시 뒤 윤과 김이 들어온다.

윤숙은 아는 체를 하지 않는다.

두 사람은 나란히 카메라를 확인한다.

김	아, 이거 괜찮다. (사진을 넘기며 웃는다.) 이건 왜 이렇

게 흔들렸어? 유령 같네.

윤   어두워서 그래. 셔터 스피드가 잘 안 나와서.

김   (장난으로) 어려운 말 하지 말라 그랬지.

윤   (웃고) 이제 가자.

김   잠깐만.

김, 멍하니 무화과를 먹고 있는 윤숙 앞으로 가서 앉는다.

김   아주머니!

윤숙   (놀라서) 응?

김   저 물어볼 거 있어요.

윤숙   어떤 거?

김   뭐 쓰시는 거예요? (노트를 가리킨다.) 저번에도 계속
      쓰고 계시길래.

사이

윤숙   아, 이거…… 그냥. 소설…….

윤   (놀라며) 소설 쓰세요?

윤숙   대단한 건 아니구.

김   우와, 어쩐지. 포스가 남다르시더라.

윤숙	포스?
윤	어떤 얘기예요?

사이

윤숙	나, 그냥 기다리는 사람 얘기를 써보고 있어요.
윤	기다리는 사람이오?
윤숙	응. 시시하고 재미없는 얘기예요.
김	이미 소설 쓰신다는 것만으로도 멋진데요? 그거 아무나 하는 거 아니잖아요.
윤숙	멋지기는. (무화과 통을 밀어주며) 이거 좀 더 먹어요.
김	이거, 묘한 중독성이 있네요. 너도 먹어. (윤의 입에 넣어준다.) 맛있지?
윤	……응.
윤숙	그거 알아요? 북쪽에는 무화과가 없대요. 추운 데서는 무화과가 잘 안 자라거든. 남쪽에만 있어요, 무화과는.
김	진짜요?
윤	북쪽?
윤숙	북한이오. 거긴 같은 땅이래도 더 춥거든.
김	어떻게 아세요?

윤숙   우리 부모님이 함경북도 사람이어서. (사이) 난 잘 기
         억 안 나지만.

김   와, 진짜…… 어? 그럼 탈북민이세요?

윤숙   아니, 한국전쟁 때니까, 나는 그냥 남한 사람이지.
         (실없이) 나 나이 많대도 그러네.

김   역시 소설가는 뭐가 달라도 다르다…….

윤   그럼 그런 걸로 소설 쓰시는 거예요?

윤숙   그런 거?

윤   탈북이나…… 그런 시대적인…… 그런 설 많이 겪
         으셨을 것 같아서요.

윤숙   ……그러게. 근데 글쎄 난 그런 게 하나도 기억이 안
         나요. 작은 것만 기억 나. 그냥…… (생각하다가) 시다
         할 때 선배 언니가 내 생일에, 자기 먹으려고 아껴놨
         던 요구르트랑 머리핀을 같이 선물이라고 줬던 그
         런 거. 나 그거 받고 그냥 막 울었거든요. 그 머리핀
         을 내가 지나가면서 예쁘다 그랬는데 그 언니가 그
         걸 기억하고 나한테 준 거니까……. 참 착한 사람이
         었지. 남들 보면 별거 아닌데도.

윤숙, 회상에 빠진 듯하다.

윤숙   언젠가는…… 공장 일 끝나고 식당에 갔다가 내가
           어떤 남자 코트 위에 내 잠바를 잠깐 걸어놨는데, 그
           남자가 밥을 다 먹고 나가려다가 자기 코트 위에 내
           공장 잠바가 걸려 있는 걸 보고는 불같이 화를 냈어
           요. 내 잠바를 바닥에 그냥 탁 집어 내던지면서 이
           코트가 얼마짜린지 아느냐고 노발대발 화를 냈죠.
           나는 그냥 아이, 참 미안하다, 몰랐다 그러구…….

김   뭐 그런 사람이 다 있어요?

윤숙   근데 그 사람이 다음 날에 나 커피 사주고 싶다고
           왔었어요. 공장 앞에.

윤   네?

윤숙   그러니까 사람이란 참 알 수가 없지.

사이

윤숙   아니 글쎄. 또 옛날 언젠가는…… 엄마가 방바닥을
           걸레로 훔치다가 갑자기 퍽 주저앉더니 소리를 막
           지르는 거예요. 아버지한테. 이럴 거면 여길 왜 내려
           왔느냐, 아무런 연고도 없이 이게 사는 거냐, 막 대
           들었죠. 그리고 악을 쓰니까 아버지가 한참 말이 없
           어. 엄마는 그냥 울기 시작하고, 나는 조마조마하고

있는데 아버지가 어느 순간 읽던 신문을 딱 반으로 접으면서 그러는 거예요. (쉼) 무화과라는 과일을 한 번 먹어보고 싶었다고.

사이

윤숙   그게 그렇게 맛있다고 누가 그랬다나 뭐라나……. 대번에 엄마는 얼이 빠져선 아무 말도 못 했죠. 그게 무슨 과일이냐고 묻지도 않고 울음도 그치더라구요. 어린 마음에 나는 그렇게 생각했죠. 도대체 무화과라는 과일이 뭐길래 저러나. 근데 나중에 먹어보니까 알겠더라구요. 이해가 되더라구. (쉼) 내가 아버지를 닮긴 닮았나 봐요.

사이

윤   ……그런 걸 한번 써보시는 건 어때요? 주제넘지만…… 작가들은 꼭 한 번씩 쓰더라고요. 자기 얘기.

윤숙   나는 그런 게 싫어요. 나는 내 얘기는 하고 싶지 않아. 다른 할 얘기가 얼마나 많아요, 당장, 여기서 만난 사람만 해도 몇인데. 나는 그냥…… 마무리를 짓

고 싶어요. 대단한 얘기가 아니어도 마무리를 짓고
싶어요. 맺은 소설이 하나도 없거든. 시작만 하고 끝
을 못 냈어요. 엄두가 안 나더라고.

사이

윤숙   하고 싶은 말이 너무 많아요. 나는…… 하고 싶은 말
이 너무 많아. 그래서 아무 말도 못 해요. 그러니 무
작정 쓰는 거지. 빈 종이에 대고 떠드는 거랑 진배없
어요.

김   ……왠지 슬퍼요.

윤숙   아니야. 왜 슬퍼? 하나도 안 슬퍼. 이 나이 되니까 좋
은 게 뭔지 알아요? 끝이 보여서 좋아. 도착지가 서
서히 보이거든. 달리기가 결승점 없이 계속된다고
생각해봐요. 얼마나 지쳐. 근데 이제 결승점이 보이
거든. 조금씩. 얼마나 다행이에요.

사이

윤   저…… 아주머니.

윤숙   응?

윤   제가…… 사진 한 장만 찍어도 될까요?

윤숙   응? 사진은 왜?

윤   그냥요. 그리고 싶어서요.

윤숙   아니, 됐어요. 무슨, 예쁜 것만 담아야지.

윤   (일어나려는 윤숙을 붙잡으며) 저 이걸로 아무나 안 찍
            어요.

사이

윤   한 번만요.

윤숙   어떻게…….

윤   일어나주시면 안 될까요? 책장 배경으로 한 장만 찍
            을게요.

윤숙, 결국 주춤주춤 일어나 어색하게 선다.

윤, 카메라로 각도를 잡는다.

윤숙, 숨을 참는다.

윤   지금 너무 긴장하고 계세요.

윤숙, 참던 숨을 터트린다.

김   (웃는다.) 숨을 참으셨어요?

윤숙   (겨우 웃는다.) 아이, 나, 사진 찍는 게 너무 오랜만이
         라…….

김   억지로라도 편해지셔야 사진이 예쁘게 나와요.

윤   무화과 얘기 좀 해주세요.

사이

윤숙   무화과? (생각하다가) 글쎄, 무화과는 이름이 잘못됐
         어. 꽃이 없는 과일이란 뜻인데, 열매가 그냥 꽃 그
         자체거든. 이게 그냥 다 꽃인데…….

윤, 얼른 사진을 찍는다.

윤숙, 당황한다.

윤숙   아유, 부끄럽게…….

윤, 웃는 윤숙을 몇 장 더 찍는다.

김, 그 모습을 바라보고 있다.

윤   다 찍었어요.

윤숙   어디 좀 봐요.

김   나도 볼래!

세 사람, 옹기종기 모여서 확인한다.

김   잘 나왔네요, 고우시다.

윤숙   왜 이렇게 갑자기 칭찬들일까…….

윤   이 사진 보내드릴까요?

윤숙   보내줘? 어떻게요?

윤   메일이나…… (아차 싶어서) 집 주소 같은 것도 괜찮
             아요. 제가 인화해서 봉투에 예쁘게 담아 보내드릴
             게요.

윤숙   아아……. (생각하다가) 그러면 이 호텔로 보내줄래
             요?

윤   호텔로요?

윤숙   응. 여기, 뤽상부르 호텔로.

김   진짜 오래 계실 건가 보다.

윤   몇 호실로 보내드리면 될까요?

윤숙   그냥 여기에 내 이름으로 보내줘요. ……이윤숙이
             이름으로.

사이

윤숙   (힘주어) 이윤숙 앞으로.

김, 웃는다.
윤숙, 희미하게 웃는다.
윤, 윤숙을 바라보다가

윤   최대한 금방 보내드릴게요. 이윤숙 님 앞으로.
윤숙   네, 고마워요.

윤, 카메라를 끄고 둘러멘다.

김   갈게요, 저희.
윤   안녕히 계세요. 소설, 언젠가 꼭 보여주세요.
윤숙   응, 알았어요. ……잘 가요. 조심해서.

윤과 김, 나간다.
윤숙, 가만히 서 있다가 남은 무화과를 먹는다.

9장

시간이 좀 더 흐른 어느 날, 오후.

윤숙, 계단에서 내려와 호텔 데스크로 간다.

윤숙   저기요.

식원   네, 고객님. 뭘 도와드릴까요?

윤숙   혹시 저한테 온 우편물 없을까요?

직원   몇 호신가요?

윤숙   이윤숙이 이름으로, 없어요?

직원   호수가……. 아, 네. 여기요.

윤숙, 그 앞에서 바로 우편물을 뜯어 본다.

입가에 완연한 미소가 번진다.

윤숙, 다시 우편물을 소중하게 집어넣는다.

윤숙   여기 매니저는…… 안 보이던데. 어디 갔어요?

직원   아, 얼마 전에 휴가 내셨어요. 뭐 전달할 거 있으시

            면 전해드릴까요?

윤숙   아니에요. 그냥…… 궁금해서. 자꾸 보니까 정들잖
아요.

사이

윤숙   근데 요즘은…… (쓰는 시늉을 하며) 객실에 펜이랑
메모지는 없나 봐요. 내가 노트를 다 써가는데…….

직원   호텔 뤼상부르 펜과 노트는 따로 판매하고 있습니
다. 구매 도와드릴까요?

윤숙   얼만데요?

직원   투숙객 10% 할인되셔서 2만 3,000원입니다.

윤숙   내 이름으로 달아놓는 거 되죠?

직원   후불로 해드릴까요?

윤숙   네.

직원, 펜과 노트를 꺼내 건네준다.

직원   현재까지 금액 정산은 필요 없으시고요?

윤숙   네. 아, 그리고 내일 오전에 청소 예약 좀 하려구요.

직원   내일이오? 네, 예약 도와드리겠습니다.

윤숙   제일 빠른 게 언제예요?

직원	오전 8시입니다.
윤숙	8시로 해주세요. 704호요.
직원	704호……. (한 번 쳐다보고) 네, 알겠습니다. 다른 불편한 점은 없으세요?
윤숙	책장에 있는 책, 객실로 가져가서 읽어도 되죠?
직원	예. 편하신 대로 하셔도 됩니다.
윤숙	그리고 나, 저기 저 드레스가 입어보고 싶은데.
직원	아, 네. 지금 대여 가능하세요. 대여 가격은…….
윤숙	이것도 가지고 객실에 올라가도 되겠죠?

사이

직원	네. 두 시간 뒤에 돌려주시기만 하면 됩니다.
윤숙	고마워요.

윤숙, 드레스를 한 벌 꺼내 들고 계단을 올라간다.
장식이 없고 화려하진 않지만 충분히 아름다운 드레스를.

직원	편안한 밤 되십시오, 고객님.

10장

밤.

드레스를 입은 윤숙이 호텔 로비에 홀로 앉아 글을 쓰고 있다.

윤숙   (쓰며) 여자는 춤을 추었다. 높은 천장 밑 까마득한 홀을 가로지르며. 도무지 맺어지지 않는 대화를 하던 사람들과 대낮처럼 환히 빛나는 조명 아래에서. (펜으로 왈츠 박자를 맞추다가) 호텔 창밖으로 보이는 풍경은 그저 새카맸다. 안이 환해서 더 그런 것이겠지. 도시는 도통 잠들지 않는구나. 사실은 밤에 모든 것이 자라나는데. 그럼 도시에는 자라날 틈조차 없는 것들만 빼곡한 것인가. 여자는 항상 간밤에 일어나는 그 모든 일이 참 궁금했다. 모두가 낮에 쑥쑥 크는 줄 알지만 사실은 모두가 밤에 쑥쑥 크는 것이다. 어린아이에겐 일찍 자야 키가 큰다고 모두가 말하는 것처럼. 밤에는 낮에 가라앉아 있던 생각들도 둥둥 떠오른다. 땅에 발붙이고 있지만 실은 우리의 영혼이 둥둥 뜨는 것이다. 불쑥불쑥 자라나는 것이

다. 여자는 꼭 새로운 사실을 발견한 사람이 된 것
같아 들떴다. 수많은 사람 사이에서 자신이 홀로 밤
을 깨달은 것 같았다. 여자의 파티는 성공적이었다.
모두를 불렀고 모두가 배불리 먹었으니 말이다. 그
러나 여자는 대뜸 아무에게나 묻고 싶어졌다. 너희
를 부르는 데에 성공한, 이런 나를 뭐라고 부를 테냐
고. 밤을 먼저 깨달은 나를, 새카만 허공 속에 감춰
진 비밀들을 알아챈 나를…… 뭐라고 하든 좋으니
불리보라고. 이젠 나를 초대하라고. 니 또한 초대받
고 싶다고. 무도회에 아주 기쁜 마음으로 참여할 마
음이 여자에게는 있었다. 여자는 잰걸음으로 땅을
딛고 돌며 홀 가운데에 있는 커다란 거울을 보았다.
삼삼오오 짝지어 웃는 사람들 사이에서 여자는 문
득 무수한 유령들을 보았다. 그 많은 유령을 거느렸
는데도 하나도 무섭지 않았다. 부를 말이 없어 아무
도 그녀를 불러 세우지 않아 여자는 계속해서 춤을
추었다. 그녀의 살갗이 밤사이 잘 익은 과일처럼 반
짝거렸다.

윤숙, 펜을 내려놓고 잠시 쉬다가 무화과를 크게 한입 베어문다.
막.

에 세 이

비로소 그녀가 행동하는 순간

차현지 (소설가)

여기, 네 편의 희곡이 있다. 여성 작가가 쓴 여성이 주인공인 작품들이다. 이 네 편의 이야기는 한 번도 들어본 적 없는 판타지가 아니다. 언젠가 한 번쯤, 나 혹은 나의 주변 여성들에게 있을 법한 이야기이고, 실제로 내가 경험한 일이기도 한, 우리 보편의 이야기다.

필연적 배반의 서막

소설을 쓰는 사람으로서 지금껏 다수의 여성 화자를 주인공으로 글을 써왔다. 그러나 그렇게 쓰게 되기까지 나는 꽤나 오랜 시간을 유보해왔다. 여성 화자를 주인공으로 내세울 때 얻게 되는 건 강점보다는 약점이었다. 여성의 특질을 보편적이지 않다고 판단해온 오래된 문학사적 관점에서 볼 때, 여성 캐릭터는 대상화되었을 때 가장 효과적이고 아름답게 비칠 수 있다는 점이

나를 무력하게 만들었다. 그래서인지 습작생이던 시절, 나는 주인공의 성별을 무성으로 하거나 아니라면 대부분 남성으로 지정하여 쓰곤 했다. 왜 그렇게까지 했는지는 모르겠지만, 나는 인간의 보편을 탐구하는 학문을 수학하던 생물학적 여성이었음에도 인간의 보편성을 쥐고 있는 것은 여성이 아니라 남성이라는 가르침 아래 주요 화자를 남성으로 정해 써왔다.

나는 어릴 적 나를 가르쳤던 스승들을 기꺼이 배반하며 살고 있다. 이는 확실한 배반이다. 그들이 쓴 작품 속 여성 캐릭터는 언제나 주인공인 남성의 곁에서 남성을 현혹하거나 부도덕한 선택을 취하게 하는 대상화된 존재였다. 지금이라면 결코 읽지 않을 그들의 작품을 마치 교과서처럼 들고 다니며 한 줄씩 필사하던 때가 있었다. 그것이 과연 내 소설 쓰기에 도움이 됐느냐 하면 잘 모르겠다. 나의 소설에는 언제나 어리고 약한 여자애가 등장했고, 그 조그마한 생명체가 거대한 세상과 전면전을 하느라 다치고 부서지게 된 사건을 다루었다. 이는 작가인 내가 여성이라서 겪게 된 부당함과 수치스러움이 담보된 글이었다. 어떤 글은 쓸 수밖에 없기에 써야 했다. 그것이 나의 경험담이든 혹은 내 친구가 들려준 이야기이든 간에, 우리에게는 써야 할 이야기가 존재했다. 그러나 학교에서는 줄곧 우리의 이야기를 터부처럼 여겼다. 어떤 인터뷰에서도 말한 바 있지만, 선생은 생리 애기를 쓰지 말 것을 요구했고, 미쳐버린 여자 이야기도 쓰지 말라고 했다.

언젠가 선생에게 따진 적도 있었다. 다수의 고전 속에서 미쳐버린 남성들의 이야기 역시 보편적이라 할 수 없으니 좋은 작품이 아니지 않느냐고. 선생은 몇 번 헛기침을 하더니, 미쳐버린 여성과 미쳐버린 남성은 다르다고 말했다. 나는 이해할 수 없었다. 선생은 햄릿과 오필리아를 예로 들었다. 햄릿의 고뇌와 오필리아의 죽음이 같아 보이느냐고 물었다. 나는 더없이 같아 보이며, 솔직히 햄릿이 더 미친 것 같다고 응답했다. 그러나 선생은 그에 대해 반박할 가치가 없다는 듯 말을 삼갔다.

여기서 왜 우리는 오필리아는 결과로서 주목하게 되고, 햄릿은 번민하는 자로서 받아들이게 되는지 따져 물어야 한다. 두 캐릭터 모두 감당할 수 없는 상황에 놓인 자들이었고, 한 사람은 죽음을 택했으며, 한 사람은 미친 척을 하기로 결심했다. 선생은 여기서 햄릿은 미친 '척'을 한 인물이었고, 오필리아는 진정 미쳐버린 인물이었기 때문에 두 캐릭터는 완전히 다른 성격을 띤다고 말했다. 과연 그러할까. 햄릿의 우유부단함이 오필리아를 죽음에 이르게 한 것은 자명한 사실이다. 나는 이 자명한 사실부터가 『햄릿』이 철저히 남성 작가의 시선으로 쓴 희곡임을 드러

낸 지점이라고 생각한다. 남성 서사로 쓰인 이 희곡은 몇 세기가 지난 지금까지도 많은 사랑을 받고 있다. 이것이 과연 인류 보편의 시각에서 쓰인 희곡이라고 할 수 있을까. 나는 잘 모르겠다. 여성의 죽음이 사건의 결과로서 작용하고, 사건의 단초가 되기 위해 사용된 이 희곡에서 나는 어떤 보편적 가치를 획득할 수 있을까. 선생은 늘 살아 있는 인물, 입체적인 인물을 만들라고 말했다. 그러나 나는 『햄릿』에서의 오필리아를 입체적인 존재로 파악한 적이 없다.

지금, 공통된 비밀들

그러므로 우리는 여성 캐릭터들을 다시 재조명할 필요가 있다. 지금껏 쓰여온 작품들은 물론, 앞으로 쓰일 작품들 속 여성 화자들이 결론이 아닌 과정 속에서 진정으로 말하고 반응하고 행동하고 있는지를 우리는 늘 주시해야만 한다. 나는 그런 까닭에 더 많은 여성 서사가 등장해야 한다고 생각한다. 그리고 더 미친 여성 캐릭터들이 나오길 바란다. 지금껏 광기에 사로잡힌 인물을 담당하는 것은 고뇌에 빠져 시름하던 남성 캐릭터들이었다. 물론 미쳐버린 여성 캐릭터들을 심심치 않게 찾아볼 수는 있지만, 그 여성이 극의 전체를 지휘하는 역할을 맡지는 못했다. 미쳐버린 여성은 산꼭대기에 지어진 거대한 주택에 혼자 살면서 주인공 역할에게 어떤 효과를 주기 위한 장치로써 사용되기

일쑤였다. 나는 온전히 미친 여성 캐릭터가 극의 전반을 이끌기를 소망한다. 왜 하필 미쳐버린 캐릭터여야 하느냐고 묻는다면, 우리가 속한 세계는 한 여성을 미쳐버리게 할 만한 요소가 너무도 많지 않으냐고 반문하는 것으로 답하겠다. 그렇다. 아직 쓰이지 않은 비극들이 넘치는 세계. 시민으로서는 슬프기 짝이 없지만, 작가로서는 써야만 하는 명분이 생길 수밖에 없는 세계. 이 불행한 세계에서 우리가 할 수 있는 일은 다시 바라보는 것, 그리고 그들을 옮겨 담아 크레딧을 붙여주는 것뿐이다.

이 책에는 그러한 네 편의 작업물이 있다. 각기 다른 극한 상황에 직면한 네 여성은 이 세상과 조우하기 위해 최선을 다했으나 무너지고 바스러진 인물들이다. 그들에게 세상은 녹록지 않다. 그들을 더 나쁜 방향으로 내몬다. 그것은 비단 그들에게만 일어난 일이 아니다. 내게도 있었던 경험과 내 부모 세대가 감내했어야 할 사건들, 그리고 내 주변에서 쉽게 일어나는 일들이 그들을 암흑으로 인도하는 배경이 된다.

일례로 나는 두 작품 속 인물들이 겪는 사건을 실제로 경험한 적이 있다. 「전화벨이 울린다」의 '수진'처럼 인바운드 상담 아르바이트를 한 적이 있다. 어느 날 수화기를 집어 던지고 가방도 들지 못한 채 뛰쳐나왔다. 수화기 너머의 남성은 아무렇지도 않게 성희롱에 가까운 말들을 집요하게 하기 시작했고, 나는 얼마간 남성의 말을 들어주다가 도저히 참지 못하고 수화기를 내려놓았다. 그러한 폭력적인 일은 감히 '사건'이라고 말을 붙일 수도 없을 만큼 비일비재했으며, 일개 아르바이트생에 불과한 어린 내겐 그 일에 대해 가타부타 대응해주는 이가 아무도 없었다. 그때 나는 그냥 무던하게 넘어갔어야 했나 하는 자책을 하기도 했다. 만일 내가 생계를 위해 일을 했었더라면, 내게 주어진 여건이 그것밖에 없었더라면 나 역시 함부로 수화기를 던질 수는 없었을 것이다. 극 중 '수진'처럼 모든 게 그저 연기일 뿐이라고, 나 자신을 다독이며 기분이 상하지 않는 방법을 터득하려 애썼을지도 모른다. 그러나 '기분'은 터득한다고 해서 터득되는 감정이 아니다. 즉각적인 반응을 참고 무시하는 방법을 터득할 수는 있겠지만.

「개인의 책임」의 '진영'이 마주하게 된 상황 역시 내게도 있었던 일이다. 이는 나뿐만 아니라, 내 친구들에게도 더러 있었던 일이기도 하다. 기창과 진영이 마주 앉아 있던 테이블, 그 테이블의 시간이 내게도 존재했다. 이는 미혼인 여성뿐 아니라, 기혼인 여성에게도 불시에 찾아드는 사건일 터. 나의 미래를 송두리째 앗아갈지도 모른다는 불안감, 그리고 그 말을 하는 순간 상대방이 어떤 반응을 보일지에 대한 두려움 같은 것은 '진영'이라는 캐릭터만이 겪는 고유한 사건이라고 볼 수 없다. 출산에 대한 보장 없이 찾아오는 임신은 여성에게 가장 공포스러운 사건이다. 여성의 대다수가 임신이라는 공포에서 자유로울 수 없다. 계획하지 않은 일이 발생해서가 아니라, 그 계획되지 않은 일이 내 신체에 엄청난 영향을 준다는 점에서 공포의 수치는 남성과 여성에게 결코 대등하지 않게 부여된다. 임신을 제일 먼저 알게 되고 그것을 상대방에게 말할 것인가 말 것인가 고려하는 그 대목에서부터 여자는 홀로 고민을 하게 된다. 분명 연애는 두 사람이 했는데. 임신테스트기에 빨간 두 줄이 명백해진 시점부터 '진영'은 완전하게 혼자임을 깨닫는다. 아마도 그랬을 것이다. 몇 년간 내 곁에서 한 치도 멀어진 적 없던 남자가 새삼 남처럼 느껴졌을 것이다. '기창'이 어떤 말을 내뱉든 현실과 동떨어진 느낌이 들었을 것이고, 속수무책으로 헛소리나 하는 것처럼 느껴질 것이다. '기창'이 아무리 동참하려 해도 비집고 들어갈 틈이 없는 어마어마한 사건 앞에서 '진영'은 분명 외로웠을 것이다.

두 작품은 모두 여성이라서, 여성이기 때문에 겪을 수밖에 없는 일들을 다루고 있다. 여성에게만 부여되는 사회적, 생리적 현상 앞에서 그들은 계속 꺾여 나간다. '수진'과 '진영'이라는 이름을 지우고, 나와 내 친구들, 나아가 수많은 여성의 이름을 새로이 붙인다 해도 작품의 내용은 크게 다르지 않게 흘러갈 것이다.

끝끝내 마주한 불화, 그리고 중얼거림

사적인 경험에 근거하거나 그것과 일치한다고 해서 좋은 이야기라고 단언할 수는 없다. 그러나 여성 서사의 경우, 실재한 사건의 근사치에 가까운 이야기가 자꾸 터져 나오는 이유는 아마도 그 경험을 제대로 드러낸 적이 없었기 때문이지 않을까. 현실과 불화하는 여성 화자의 서사는 깊고 깊다. 감히 가늠할 수 없을 정도로. 우리의 불화가 온진히 세상 위로 올라오기까지, 아직도 무수한 역사가 곳곳에 숨어 있다.

「여자는 울지 않는다」의 '여자'는 어릴 적 의부에 의해 성폭력을 당한 피해생존자다. 심리상담소를 운영하는 '여자'는 과거의 경험을 '훈장'처럼 여기며 산다는 조롱의 말을 듣는다. 성폭력 생존자에게 들러붙는 악의적인 수식어들은 가해자의 무고 논리와 직결된다. 우리는 #ㅇㅇ계_성폭력 해시태그부터 미투 운동까지 다양한 방식을 통해 성폭력 생존자의 고백을 직면해왔다. 그들은 '훈장'과 같은 수식을 감내하고서라도, 자신의 삶을 회복하기 위해 세상을 향해 자신들의 목소리를 발화했다. 그 용기를 악의적으로 대면하려는 가해자의 모습도 볼 수 있었다. 나 역시 한때 가해자의 동료이기도 했고, 가해자를 선생으로 여기며 살아왔으며, 그들에게 성폭력 피해를 입은 피해자였다. 피해를 고발한 생존자들보다 나처럼 입을 열지 않고 침묵을 선택한 여성들이 더 많을 것이다. 그렇기에 피해생존자에게 '훈장'이라는 조롱의 태그를 붙이는 사람들을 용서하기가 힘들다. 고발이 있기 전까지, 그 일을 내뱉기 위해 얼마나 오랜 시간을 보냈을지, 또 그 시간을 어떤 식으로 견뎌왔을지 미약하게나마 가늠할 수 있기 때문에. 나 역시 그런 시간들을 보내왔고, 과거의 그 순간을 감추기 위해, 없었던 일로 치부하기 위해 매일 노력하는 삶을 살고 있으니까. 이는 작품 속 '여자'에게만 발생한 특수한 사건이 아니라는 것을 말해주는 반증이기도 하다. 우연히 읽게 된 위 세 작품 속 인물들의 경험을 나 역시 겪었다는 것. 이것이 이상하다고 느껴지는가? 어떻게 한 여성에게 이 모든 일이 한꺼번에 생길 수 있느냐고 묻는다면, 당신은 여성으로 살아본 적이 없기에 그렇다고 단언할 수 있다. 다시 말하지만, 이 책에 묶인 희곡들은 나와 내 주변 여성들의 보편적인 이야기다.

「밤에 먹는 무화과」의 '윤숙'의 모습은 서사가 갖는 목소리의 월등함을 새삼 환기시킨다. 칠십대 노년의 싱글인 '윤숙'은 오래된 호텔에 묵으며 그곳을 지나치는 사람들과 말을 섞는 것을 즐긴다. 그걸 반기는 사람도 있고, 불편하게 여기는 사람도 있다. 그런데도 윤숙은 계속해서 말을 붙인다. 그가 왜 자꾸 사람들에게 관심을 표하고 부러 말을 거는지는 알 수 없다. 그러나 노년의 싱글 여성이기에 건넬 수 있는 말들이며, 보여줄 수 있는 장면임은 틀림없다. 작가는 왜 이 여성을 주인공으로 내세웠을까. 극 중 '윤숙'은 자신에게 쿠폰을 주며 말을 건네는 '직원'에게 고맙다고 말한다. 먼저 말을 걸어줘서 고맙다고. 그러나 그에게 무례하게 접근하는 '중년 남자'에게는 먼저 다가와달라고 한 적이 없지 않으냐고 정색을 하기도 한다. '윤숙'은 하고 싶은 말이 너무 많아서 소설을 쓴다고 했다. 그가 쓰는 소설 속 주인공은 무도회에 초대받는 것을 소망한다. 나를 불러달라고, 나를 초대해달라고 말한다. 소설 속 주인공은 '윤숙'의 모습과 닮아 있다. 노년의 어싱에게 밀을 길어주고 그의 이야기를 들어주는 깃. 딱히 어렵지는 않지만 차마 먼저 손 내민 적 없는. 사람들에게 말을 건네며 아주 희미하게 꺼내 보이는 '윤숙'의 생은 길고 지난하며 광대하다. 그런 '윤숙'은 아주 작고 사소한 이야기를 쓰고자 한다. 어쩌면 그 사소한 이야기란 '윤숙'만이 알고 있는, 노년의 그만이 읊을 수 있는 작지만 거대한 비밀들이지 않을까. 나는 호텔 로비에 앉아 있는 늙은 여자를 상상한다. 그 이미지만으로도 무궁한 이야기들이 떠오른다.

(미친) 여성 서사의 점화

미치지 않고서는 말할 수 없는 이야기들이 있다. 속내를 비치기 위해서는 기꺼이 미치기를 택하는 방식으로 뱉어내야만 하는 비밀들. 여성의 발화는 감정적이어서 그렇기에 논리적이지 않다고 여기던 구태의연한 사고로부터 우리는 벗어났을까. 아마도 아닐 것이다. 아직도 누군가는 기저에 그러한 속마음을 품고 있을 수도 있다. 그러므로 더 말해야 한다. 뱉어내야만 한다. 그것이 논리의 이치와 다소 멀어 보이더라도. 그 표피를 뚫고 안으로 더 깊숙이 들어가면 임의로 정해놓은 표준과 척도가 아닌, 발화하는 목소리의 논리를 따라갈 수 있다. 서사는 개인의 목소리를 박제하기 위한 도큐먼트다. 픽션을 빙자한 문서는 시대를 가로지르고 세대를 초월하며 언제든 목소리로서 세계를 침범하고 임의로 맺은 척도와 기준을 건드릴 것이다.

이 책에 묶인 네 편의 희곡은 다양한 세대의 여성을 보여주고 있다. 작품의 주인공들이 각 세대의 대표적인 얼굴과 목소리를 지닌다고 말할 수는 없다. 어떤 이는 이 희곡들을 픽션으로 볼지 모른다. 그러나 이 여성 화자들은 현실 속에서 부단히 자신의 삶을 증명하고자 애쓰며 살고 있는 우리의 곁, 그리고 나 자신의 문양을 띠고 있다. 우리는 이 세계의 모서리진 곳에서 여성 화자들과 비슷한 모습으로 거리를 거닐고 사람들과 부딪히며 살고 있을 것이다. 나는 이 화자들로부터 나의 과거와 현재, 그리고 미래의 모습을 발견했다.

이 글을 읽고 있는 당신들 역시 그러한 체험을 할 수 있으리라 믿는다. 이 희곡들을 시작으로 더 다양한 여성 화자들을 무대에서 볼 수 있기를 바란다. 그들의 목소리가 더 크고 멀리 울려 퍼지기를 기다린다.

여자는 울지 않는다

1판 1쇄	2019년 12월 12일
지은이	이보람, 이연주, 이오진, 신효진
펴낸이	김태형
펴낸곳	제철소
등록	제2014-000058호
주소	(10882) 경기도 파주시 산남로 157번길 192
전화	070-7717-1924
팩스	0303-3444-3469
전자우편	right_season@naver.com
페이스북	facebook.com/from.rightseason

© 이보람, 이연주, 이오진, 신효진 2019

ISBN 979-11-88343-28-7 03810

책값은 뒤표지에 있습니다. 잘못 만든 책은 서점에서 바꾸어 드립니다.
이 책은 저작권법에 따라 보호받는 저작물이므로 무단전재와 무단복제를 금합니다.

이 도서의 국립중앙도서관 출판예정도서목록(CIP)은 서지정보유통지원시스템 홈페이지
(http://seoji.go.kr)와 국가자료공동목록시스템(http://www.nl.go.kr/kolisnet)에서
이용하실 수 있습니다. (CIP제어번호: CIP2019048886)